宇宙风云

船江 著

海峡出版发行集团 | 海峡文艺出版社

图书在版编目(CIP)数据

宇宙风云/船江著. — 福州:海峡文艺出版社,
2023.5
ISBN 978-7-5550-3346-2

Ⅰ.①宇… Ⅱ.①船… Ⅲ.①幻想小说—中国—当代 Ⅳ.①I247.5

中国国家版本馆 CIP 数据核字(2023)第 086769 号

宇宙风云

船江 著

出 版 人	林滨	
责任编辑	莫茜	
出版发行	海峡文艺出版社	
经　　销	福建新华发行(集团)有限责任公司	
社　　址	福州市东水路 76 号 14 层	
发 行 部	0591－87536797	
印　　刷	廊坊市海涛印刷有限公司	
厂　　址	廊坊市安次区码头镇金官屯村	
开　　本	720 毫米×1010 毫米　1/16	
字　　数	145 千字	
印　　张	12.5	
版　　次	2023 年 5 月第 1 版	
印　　次	2023 年 5 月第 1 次印刷	
书　　号	ISBN 978-7-5550-3346-2	
定　　价	68.00 元	

如发现印装质量问题,请寄承印厂调换

写在前面的话

什么是让人类独一无二的品质？在我看来，超越极限是我们独有的品质。今天，我们迈出了驶向宇宙的又一大步，因为我们是人类，我们的本质就是飞翔。

——霍金

科学必定源于神话，并在对神话的批评中成长起来。

——卡尔·波普尔

要是你钻进一个电子深处，你会发现它本身就是一个宇宙。

——卡尔·萨根

你身体里的每一个原子都来自一颗超新星，你左手的原子与右手的原子也许来自不同的恒星。这实在是我所知道的物理学中最富诗意的东西：你的一切都是星尘。

——劳伦斯·克劳斯

我有可能被束缚在果壳之中，但我仍把自己视为无限空间之王。

——《哈姆雷特》

总而言之，大爆炸模型的根基和我们对科学宇宙论的追求，可以追溯到古代神话世界观衰落之时。

——《大爆炸简史》

谨以此书献给坚持仰望星空和不懈探索未来的你……

本书历史背景人物表

1. 盘古，上古神话中的创世之神。

2. 九天玄女，也称九天娘娘，上古神话中传授兵法的女神。

3. 黄帝，华夏人文始祖。

4. 女娲，华夏人文始祖。

5. 嫦娥，古代神话传说中的美女，因偷吃长生不老的仙药，飞升月亮。

6. 唐玄宗李隆基，俗名三郎。

7. 杨贵妃杨玉环，唐玄宗的爱妃，在马嵬坡被迫上吊自尽。

8. 李亨，唐玄宗儿子，太子，逼死杨贵妃的始作俑者。

9. 李瑁，寿王，唐玄宗儿子，杨贵妃前夫。

10. 高力士，唐玄宗宠信的大宦官，对唐玄宗忠心耿耿。

11. 陈玄礼，唐朝禁军将军，太子李亨的亲信，发动马嵬坡兵变。

12. 宋徽宗赵佶，宋朝第八位皇帝，杰出书画家。被俘后，在五国城被金人折磨而死。

本书主要人物表（按出场顺序）

1. 常太，大汉国东北农村老中医，身怀绝技。常胜的祖父，甲骨天书的传人。

2. 常义，大汉国东北农村拖拉机手，武功高强，常胜的父亲。

3. 金玉，大汉国海都市女青年，出身大资本世家，下乡插队到东北农村，常胜的母亲。

4. 常胜，常义和金玉的儿子，出生在大汉国东北农村，由爷爷常太抚养长大，本书男主人公。

5. 冯大白话，大汉国东北农村包打听、文艺青年，经常在小说中插话。

6. 常仪，远古地球人，善占月象，甲骨天书的作者，后与月亮人成为朋友，也称嫦娥。

7. 常先，远古地球人，黄帝的大臣兼侍卫长。与常仪同祖同宗，是常胜的先祖。

8. 吴良，大汉国东北山区生产队队长，反派人物。

9. 黄村长，大汉国东北农村村长，精通古董生意，后携常太祖传国宝不辞而别。

10. 常无，字乃久，大汉国宋朝徽宗随身御医，常胜的先人。

11. 原乐惠子，枺国人，树国大财团家族之女，本书女主人公。

12. 思妙法师，树国人，真如法师得意弟子。

13. 九珊家族族长，树国人，思妙法师转世灵童，原乐惠子先人。

14. 福岛纯子，树国在大汉国的遗孤，后回到树国，思妙法师转世灵童，中文名字何平，原乐惠子的外婆。

15. 福岛东仁，大汉国伪满时期树国东北开拓团领导，福岛纯子的父亲，因反对战争在大汉国东北切腹自尽。

16. 黑鲨船长，修罗族群氨基生命外星人，外星世界的暴君，自诩为"宇宙兵马大元帅"，人送外号"大老黑"，本书大反派。

17. 金刚，外星硅基生命金刚族群人的称呼。

18. 恒光大王，金刚们的大头领，外星世界武功第一。

19. 光明使者，金刚们二当家的，后率金刚族群避祸来到太阳系。

20. 修罗女，修罗族群氨基生命外星人，外星世界第一大美女，恒光大王的王妃。

21. 氢白老人，氢白族群氢基生命外星人，外星世界的老盟主，也称"孤独善人"，学问外星世界第一。

22. 氢香公主，氢白老人孙女，宇宙客栈老板娘。

23. 月亮人，氢白族群氢基生命外星人在太阳系的称呼，是氢白老人的先祖及先祖的后代，地球的保护神。

24. 氢风酋长，是月亮人的大统领。

25. 作文男孩常原，常胜和原乐惠子的儿子。

自序

宇宙的起源和宇宙的归宿，是我们这颗星球最骨灰级的科学研究课题，是民间最被八卦的神秘话题，宗教、神话、文学都乐在其中，亦是科幻作品的源头活水。

从古至今，无数被苹果砸过和没砸过的大脑们，广博地思考，捣鼓出浩如云海的公理、定律、公式和文字，纠结出一大堆模型和假说，还有诸如中国古代盘古开天辟地的民间传说。

望远镜、显微镜、对撞机都在努力地试图发现和还原宇宙真相，还有诗人无拘无束地想象力……但遗憾的是，永远没有真相回归解密宇宙的本源，有的只是哪一种假说和观点更接近我们的认知而非现实。

宏观的宇宙广袤浩瀚，让我们大饱眼福，成就一个个经典的瞬间，但真实的宇宙是量子化的，了解微观的宇宙，才能更无限接近宇宙起源和宇宙真实的目的。

宇宙之前是宇宙，就好像一串串连绵不绝、无休无止的气泡，宇宙之外还有宇宙，宇宙是我们认知和未认知的全部时空、物质以及能量，宇宙是过去、现在与未来的总和。

宇宙从虚空中无中生有，最玄妙的阶段是"无"的状态，我们的宇宙开始之前（据说教皇不让研究，那段归上帝管）是什么，现在还无科学定论；而到了"有"的阶段，才有了边界和具象，我们也才有了格物致知的基础。

所以《道德经》开篇即云：无为天地之始，有为万物之母，故常无欲，以观其妙，故常有欲，以观其……借古考古，借用古人先贤的思想，去探寻更古老的宇宙历史，是智慧的继承，也会引导我们触及宇宙冰冷玄幻的开端，并热烈拥抱宇宙孕育生命的温度。

每个人内心都有自己的宇宙观，每个人也都是一个独立的小宇宙，王阳明称之为"灵明不昧本心"。在《宇宙风云》一书中，让我们把自己彻底清空放飞，飞到宇宙之初，然后去完成自己最气吞山河的回眸……

那么宇宙之初，到底是个什么样子呢?

诗曰:

有自无生多劫难，

空灵混沌微观现。

高维盘古破黑暗，

开辟鸿蒙理还乱。

天择人演初长成，

奈何分聚有恶善。

谁为宇宙立奇功，

请看《宇宙风云》传。

目录

引子

　　大约 138.2 亿年（太阳系时间）前，我们的宇宙发生了第一次大爆炸，绝对的惊天动地，但却不是我们感官上认知的爆炸。看不见光，听不到声响，形容为撕裂应该更为恰当，在虚空中一下子就诞生出了一只宇宙之蛋——混沌。

　　真真的太突然了，混沌小到没有体积，但质量却大到无穷。此时的宇宙小到超过你想象的极限，无穷地小，此时此刻绝对是远古洪荒时代，野蛮无比，还没有科学概念，我们现在奉为圭臬的所有公理、定理、数理化逻辑在那里统统都无效。

　　混沌小到一无所有，却又是富甲宇宙的开端。既然没有更小的下降空间了，那么任何的一个举动，都属于正能量的增长。

　　混沌出生得很寂寞，但也不算孤独，其还有邻居——平行宇宙和高高在上的高维宇宙。现在正有一颗高能电子从高维宇宙以无穷快的速度，穿过与混沌平行的虚空，向混沌冲来，他就是我们古人心中的创世大神——盘古大帝。

　　有诗云：

　　　　我不知道来自何方将去哪里

　　　　走过路过去过的

　　　　都是没有时间概念的地方

说不出

看不清

孤寂

落寞

寒冷

一无所有

没有时空

没有声响

黑暗虚无缥缈

像一曲袅袅的天籁

无孔不入

却又无孔可入

无法分辨光明

会何时

因为什么到来

因为什么逝去

我无话可说

说不得

不可说

我是虚无

……

那么这颗被称为"盘古大帝"的高能电子，是怎么产生的呢？

原来在混沌和平行宇宙之外，还有高维宇宙，有多高？如果把我们的混沌比喻成一维地基的话，这高维宇宙应该有11维那么高。差距还不只是在维度上，这11层宇宙，每一层级的智慧生命对能量的利用，差距都在100亿亿倍以上。高维宇宙拥有如此大的能量场碾压，自然是无所不能，凌驾于其他宇宙之上，所以称之为高呀。

而且高维宇宙不同于平行宇宙，与混沌和现在我们宇宙的沟通是不可逆的。什么意思？高维宇宙就像是在我们宇宙之外，豪华包厢里看戏的贵宾，不管我们宇宙之内发生什么，反正影响不到他们，如果说人类传说中的诸神真的存在，也许就在高维宇宙吧。

高维宇宙是智慧的宇宙，其时空中的智慧生命就是宇宙的本身。高维宇宙的元素非常简单，就是一根根无始无终、无边无际、无形无色的基本粒子能量弦，互为垂直角度地交织在一起，简洁而优美。可别小看这一根根弦，就是这弦的振动，可以化出一切有形的能量、物质和智慧生命，可谓法力无边。

高维宇宙的智慧生命表现形式是波状的人，那是高维宇宙最伟大的乐师，可以随心所欲弹奏出要有的一切，绝对的天籁之音，要多浪漫有多浪漫，要多玄秘有多玄秘！

我们只能看到高维宇宙的投影，却看不清投影源里的信息，我们的认知无法与高维宇宙同频。也许我们只是感知到高维宇宙的投影，我们看到的一切，都是梦幻而已。

我们的世界，也许就是高维宇宙的一段乐曲，或者是他们的一幅图画作品而已，难道不能是吗？

　　盘古大帝，来自高维宇宙弦的一次悠长振动，通过超光速辐射的形式，本来是到平行宇宙做客的。因为混沌的诞生，巨大的引力，瞬间弯曲了平行宇宙的时空，于是盘古大帝冲向了混沌！

　　此时的混沌只是一个奇点，盘古大帝虽然是粒子态，但与混沌相比，其高大形象简直就是顶天立地，不会出现量子隧穿现象，其高维宇宙的能量，幻化出开天辟地的巨斧，以无穷快的速度迅猛地劈下，缔造我们宇宙的大爆炸，终于爆发了！

　　　　莫问我来路，

　　　　相逢即有缘。

　　盘古大帝劈出了我们的宇宙大爆炸，拉开我们宇宙新生的序幕。盘古大帝和开天辟地巨斧的能量，一直激荡在我们的宇宙中，是我们宇宙万物发展的永恒力量。其穿越平行宇宙时留下的能量，也唤醒了死寂的平行宇宙，平行宇宙也和我们的宇宙一起，迎来新生！

　　我们的宇宙，在盘古大帝和混沌精彩的碰撞中诞生，逐渐演化出三千大千世界和星辰大海，其中属黑洞和虫洞最为神秘。又当属宇宙创生时，形成的原始黑洞和链接婴儿宇宙的原生虫洞，神秘至极。

　　怎么神秘至极了呢？原始黑洞可再创生宇宙，原生虫洞可回到宇宙之初！盘古大帝和开天辟地巨斧的能量，是我们宇宙万物发展的永恒

　　能量。爱护我们这个宇宙的智慧生物，自然会保护这永恒的能量；仇恨我们这个宇宙的智慧生物，当然想摧毁这永恒的能量……

　　为什么爱或为什么恨呢？又有谁能说得明白？

　　有诗云：

虚空中

莫名地升起火焰

火在黑暗中喘息

夜晚的天空

布满鲜血淋淋的伤口

你以为你是来自

那次蓄谋已久的自我膨胀

却不知道只是

前世的那根琴弦

不经意地拨弄

就草率地

把愚昧和洪荒

暴露无遗

其实没有谁

为你送来花花绿绿

你只是被自己击中

烟火和花朵

散落人间

从此你的领地圣火熊熊

那件得以幸存的

黑色斗篷

抵挡着黑暗的扫射

弹孔中露出偷窥的眼睛

当眼睛绝望时

却惊喜地发现

自己原来就是满天的星斗

激情过后的灰烬

无需仰视

死灰复燃

你光鲜如初

我们在伤口里划船

说着连篇的情话

星星不停地往水中撒盐

伤口汇聚成海

我们在漂泊中

才得以见证

最壮美的日出

等你

在一个梦

在一个点

在一条线

在一个面

在一个球体

时间续写上古的神话

就要开始又一次完美的爆炸

第一部　地球村落

第一章　狂热时代

高维宇宙，

平行宇宙，

宇宙，

室女座超星系团，

银河系，

猎户星座，

太阳系，

地球，

地球人……

我们从大爆炸中来的路相当漫长，生命之旅却又相当短暂，入土为安或是在火中升华。根据能量守恒定律，我们的肉身什么也没带来，什么也没带

走，这一遭走得也太不潇洒了吧？所以我们渴望永生，

渴望灵魂的永恒，不是吗？

　　夜，

　　长夜，

　　繁星闪烁的长夜……

大汉国的小山村上空，一艘从月亮方向飞来的宇宙飞船，悄无声息地挂在那里，像一只白银的盘子………

几乎同时，在金星方向也有一艘宇宙飞船，向树国方向飞去，像一只旋转的青螺……

有地球人在睡梦中，被外星智慧生命带走了，然后又在睡眠中被送回了。没有地球人发现，也不可能被地球人发现，包括被带走又送回的本人这部分记忆也被抹去了。

有的只是莫名其妙的不安和恐惧。

……

地球人曾经认为，我们的宇宙都是围绕着地球旋转的，地球是宇宙的中心，再后来又认为太阳是宇宙最伟大的恒星……

在这个整日歌颂太阳的时代，大汉国城市里的青年，开展了轰轰烈烈的上山下乡运动，大批的高帅男和白美女来到了山郭水村，接受农民伯伯的再教育。

怎么不是高富帅和白富美呀？那个年代不时兴那个，社会以穷为荣，以富为耻。

地主、财主在当时是耻辱柱上的头牌！现在拼爹比富讲究投胎，那时根

红苗正全靠出身。

富有在那时是一种灾难，黄金别看现在横行霸道，那时候可不受

待见，最惨的时候，一只金戒指都换不来半个玉米面的窝窝头。而且穷不只是光荣，如果你能拿出祖传三辈子的穷成份证明，最好是乞丐、长工、佃户什么的，就是"上无片瓦下无立锥之地"的那种赤贫基层。你都会佩服自己佩服到，对着镜子给自己磕头的地步。惊艳身边所有人，让他们对你顶礼膜拜，绝对拥有当个小领导的本钱，或在某一角落做一个当家人都易如反掌。

如果是富者，你可千万别信司马迁老先生说的"巨富者与王者同乐"，当然太史公所说现在倒是应验了。那时可是富得惨不忍睹，你家的财产你就别一个人捧着了，老张家、老王家、老李家、老赵家，都粘巴点吧，连你孩子的名字都是狗崽子、黑五类啥的。

粘巴点儿就粘巴点儿吧，财富的积累都有其原罪，独乐乐不如众乐乐，其实大家都是财富的暂时管家，这玩意儿生不带来，死不带去的。能放下的也就算曾经拥有，还能洒脱地活着，有些人放不下的，财富就是一生沉重的负累。

于是就有人不惜趁夜深人静时，将祖传的金银细软打包投入江河湖海，也有人干脆把自己也一并怒沉，彻底归于宁静。

城里的年轻人转战乡下忆苦思甜、战天斗地，自然要入乡随俗，做标准的农民，干纯粹的农活。还真别小瞧这些小青年，真有好把式，他们凭着自己坚韧不拔的勇气和大汉国民勤劳的天性，愣是开拓出自己的广阔天地而大有作为，成为大汉国最靓丽的风景。

常胜就出生在那个时代，儿时的记忆和出身的烙印，满满的、浓浓的那个时代的味道，敢于斗天斗地的勇气，还有父母凄美的爱情故事……

那个时代，山外的男女青年到山里来，接受贫下中农再教育，刚开始是住在农民家里的，常太、常义父子的邻居钟二婶家中，就住着一位海都市来的女青年金玉。

金玉婉约清纯，白嫩靓丽，知书达理，其父母都出自大资本世家，金玉在海都市是一等一的大美女。金玉在山沟沟里一登场，就吸引了眼球无数，本地青年常义也不例外，都是花样年华，爱美之心，人皆有之啊！

第二章　上古世家

　　话说在大汉国的东北山村住着一户父子俩，老父亲常太是祖传中医，常常有妙手回春之手笔，医治小病小灾自是手到病除。但那个时候看病时兴找赤脚医生，穿草鞋的大爷表面上也不咋受待见。但群众的眼睛还是雪亮的，只要有个头疼脑热的，都会先找常太来扎古扎古。

　　儿子常义长得高大威猛、孔武有力，浓眉大眼，标准的东北帅哥一枚。这里书中暗表，常太家族在历史上，可是大有来头，常太竟是身怀绝技之人。

　　常太是黄帝的大臣常先、常仪家族的后人，常先曾被黄帝任命为大司空，同时因其忠勇兼任黄帝的侍卫长。常仪以善占月之晦、朔、弦、望而闻名当世，因古代"仪"与"娥"同声通用，所以嫦娥奔月的主角，就是常仪。

从其先祖的介绍我们得知，常太家族除中医外，还一脉相传着华夏忍术和占月之术。

何为忍术呢？

通俗说就是真把式，也称杀人技。你想想，那是黄帝侍卫长传下来的功夫，那可是绝对没有花架子的生猛远古时代，狮子老虎可不跟你玩对打套路，哪一场战斗，不是靠实实在在的铁拳拿下的。华夏忍术，绝不会被打假斗士按在地上摩擦，轻易不出手，一出手就会伤人，或者毙敌死命。

"所以得经常忍着吧"？冯大白话急着刷存在感，没头没尾地问道。

占月之术，现在市面已经失传，其实早也是秘传。常仪除占月之外还占北斗七星，其"推天理以明人事"学问的贡献，却鲜被人知。常仪本是外星世界都尊崇的甲骨天书真正的主人和作者，但其不世功勋却被民间传说中九天玄女送天书的光环给掩盖了，也就是说，是被后文书中的硅基生命——外星人金刚们抢了风头。风头虽然被抢，但甲骨天书还是一直传承了下来了。用常太的话讲，这就是祖宗留下的"念想"。

常太自儿子幼年就鳏居，媳妇什么原因未在本书中出现，连冯大白话也不知道。但常太却没有将中医医术传给儿子，原因是不想让儿子因技烦恼。

"几个意思？不应该是多技者多劳嘛，咋还添了烦恼呢"？冯大白话不解地插话问道。

原来大汉国古时候，讲究的是医者仁术也，医者救死扶伤的行为不是以蓄财为目的。大汉国古代医药行业遵循的宗旨是：但愿世上无疾苦，宁可架上药生尘。如果一名医者一身铜臭，估计自己都会瞧不起自己。

但现在可不一样了，以前的老皇历都翻篇了，如今卖药都是有奖促销，

买药都能得积分，积分可是硬通货，可以换取鸡蛋或日用品呢。因为常太早年行医还是老派作风，经常义诊舍药，为救治贫困病人，有时自己和孩子也会忍饥挨饿，直落得家道清贫。有一次实在没钱舍药了，竟然被人家组团找上门来，被堵门大骂见死不救。自己受委屈也就罢了，让自己的孩子也跟着自己受苦，让常太自责不已。又见儿子常义也是古道热肠之人，心想儿子要继承了这门祖传手艺，能不能娶上媳妇都难说呀！

再说这在那个时代，中医瞧病也属于不受待见的"四旧"之列，常太也就更有理由不让儿子加入祖传医务工作者的队伍了。还好，常义是远近闻名的大孝子，也就随了老父亲的安排了。

就这样儿子常义在县里中学毕业后，回到人民公社当上了一名拖拉机手。这在当时可是光荣的肥缺，是老支书看在常太悬壶济世、泽被一方的情分上，并且对自己的老母有活命之恩，才得到的。

第三章　南北情缘

有人爱花是笑看花在枝头芬芳，但有人却要辣手摧花。生产队长吴良觊觎金玉美貌，早就垂涎三尺了。许诺放假、探亲、提干等，金玉不为所动；加码安排重活、无故扣工分，金玉还是置之不理。恼羞成怒的吴队长，一日趁着酒劲就要霸王硬上弓，紧要关头常义出手解围……

大家对吴队长的龌龊之举早都心知肚明，吴队长在这方面绝对是老司机，对来插队的女青年威逼利诱没少祸害。只是手里握着吃喝拉撒的生杀大权，谁开罪得起呀！其飞扬跋扈、猖狂至极，只要有人一喊吴队长来了，女青年们吓得大气都不敢出。

对于吴良的所作所为，人们都是敢怒不敢言，也只有心地善良并且有爱上头的常义，才敢坏队长的"好事"。吴良也忌惮常义是条汉子，别看常义不会中医切脉，但绝对能把自己给打没脉了。

吴良队长当时只好悻悻离去，但自此对常义怀恨在心。

经过这件事情，金玉才开始真正注意到常义的存在。虽然以前这个隔壁小常同志，经常默默地帮她干活，还打着去找钟二婶的女儿娟子聊天的旗号，经常给她带去一些新鲜的木耳蘑菇、炒瓜子、煮毛豆啥的……

直到又有一天，一只孤独的大公野猪，贸然闯入金玉的作业区，横冲直撞简直如入无人之境。猪可不管面前的是什么尤物，就要将金玉撞翻再踏上猪脚（指不定还是咸猪脚）的危急时刻，常义的高大形象又及时出现了。

常义先是用血肉之躯，替金玉硬抗了大公野猪一嘴，紧接着一招"浪子踢球"就给野猪踢了个猪啃屎，立马再一招"大力鹰爪手"，竟然折断了大公野猪的一颗獠牙。此时野猪方知道是遇到克星了，别梦想伸咸猪脚了，再说还得留下另一颗獠牙讨生活呢。镶烤瓷牙太贵了，逃命要紧呀，这野猪从地上顺势一滚，爬起来就蹿，猪蹄子都跑冒烟了……

常义赤膊上阵，勇斗大公野猪，再现英雄救美古老桥段。常义的一身好功夫和8块腹肌也在美人面前表现得淋漓尽致。一猪二熊三老虎呀，赤手空拳打跑战斗力爆棚的公野猪，这一战让他彻底俘获了芳心。因为野猪也是间接帮了他的大忙，他自然也放了野猪一条生路。

但常义也受了皮肉之伤，金玉去照顾自是人之常情，如此交往二人情愫暗生，常义只恨这伤好得太快。眼看常义名色双收抱得美人归，吴良队长被气得七窍生烟。

他们两人私订终身，层层阻力可是不小。金玉家族可是海都市曾经的名门望族大资本之家，现在虽然家人也都是普通的劳动者了，但起码还没去抱着扫帚扫大街。骨子里对乡下人是有偏见的，其父母怎么也不会让宝贝女儿下嫁给一个山野村夫。

就连常太也觉得儿媳妇太漂亮也不一定是件幸事，丑妻近地才是家中宝啊！

可两个人为了真爱还是义无反顾地走到了一起，但队长吴良的报复也接踵而来。先是常义被诬告欺辱女青年，被五花大绑地吊打逼供。此时金玉为救心上人在大庭广众之下拥抱亲吻常义，并宣布他们马上登记结婚，如此这般救下了常义。

两个人最终冲破重重阻力结合在了一起，结婚仪式非常简单。金玉把自己的铺盖从隔壁搬到常义土炕，老常家门窗上贴上喜字就算完活。常义买来两斤糖块，常太在家炒了瓜子和花生招待客人。常义送给金玉一瓶从供销社买的雪花膏，金玉送给常义两条从海都市带来的、自己一直不舍得用的毛巾。对了，还有金玉的妈妈虽百般不乐意，但也还是寄来了一条毛毯做贺礼。各位看官可别小看这条毛毯，在当时那绝对是奢侈品。

婚后生活虽然物质匮乏，但小两口举案齐眉，那叫一个恩爱！但却是好景不长在，吴良一直怀恨在心，除了在两人婚礼的洞房里大放臭屁，以至于屋里的空气都辣眼睛了，还时刻准备再冒坏水。说起这个吴良放臭屁，还真是一绝，随时随地就会上演。如果说谁家吃一顿好的，没叫他来，他就会顺着香味找上门来，然后对着饭桌或饭锅，不由分说就是一顿臭屁，真是要多缺德就有多缺德。

第四章 只有分离

一日，吴良假装赔礼请常义喝酒，使用激将法把常义灌醉后，又指派他去山下的供销社运取紧急货物。但拖拉机车轮的螺丝已经被吴良偷偷给拧松了，结果堂堂大好男儿常义就这样被暗算，与其公社的拖拉机一起葬身山涧，实在令人心疼惋惜。

这其间，老父亲常太也一直向儿子示警提醒，要小心吴良的报复。甚至想让儿子带着媳妇以逃离的方式，远走他乡避祸。但常义故土难离，也不想连累父亲，终没有挣脱命运的无情捉弄。

金玉自是悲痛欲绝，此时腹中已有常义的骨肉，为了其坚贞的爱情，她毅然生下了这个男孩，常太给孙子起名叫常胜。

孤儿寡妇再加上一个鳏居的公爹，门前是非多之又多，何况又是如此特殊的时代，一个如此漂亮的寡妇。

宇宙风云

吴良害死了常义，还给其扣上了醉驾的帽子，并且到处散布谣言，说金玉是克夫的红颜祸水，还不安分，并坚持不懈地继续对她骚扰……

金玉不堪其辱，在最后一次用自己的乳汁喂饱小常胜，哭干了自己的眼泪，将小常胜用毛毯包裹好，放到爷爷常太的屋里，悄悄地离去了……

金玉只身偷偷地溜回海都市，自己可能都还不会被城里人接纳，就更别说这个出生在大山里的孩子了。只是孑然一身地走，又两手空空地回，看不见的是心灵的伤痕和负累……

襁褓中的常胜当然不知道，那一夜妈妈最后的奶水，怎么那么的香甜，又那么的苦涩。

是的，常胜是爷爷一手带大的，妈妈走了，再也没有回来过，也再也没有了音信。相伴小常胜的除了爷爷，就是那条妈妈留下的毛毯。

都彻底忘记吧，也许忘记是对创伤最好的治疗，忘记才能有新的开始。

"对呗，你这么一说，我也就不惦记着年节去老常头家，蹭块大白兔奶糖吃了。"冯大白话略有遗憾地说。

常胜小时候，除了对着月亮发呆，就爱搂着毛毯睡觉，因为在梦里会常常见到妈妈。金玉回海都市之后大病了一场，病愈后被妈爸藏在亲属家里，不让再回东北来了。如此伤心之地，不回来也罢，只是可怜了这一对相依为命的祖孙。

爷爷带着年幼的小常胜曾去海都市找过妈妈，自然是被亲家拒之门外。在那个年代，单亲妈妈连户口都没有，如果再带一个孩子生活就更难了。

再后来妈妈又结婚了，据说是门当户对之人，也又有了自己的孩子。常胜就再也没有见到妈妈，自然也不会在那个大都市被什么人提起，一个没有

22

了父母的孩子，一个出生在大山里的孩子，一个由爷爷带大的孩子，首先学会的就是像山一样坚强！

第五章　仙家索命

想必知道那段历史的人，都会预想到吴良的下场，毕竟侮辱了那么多女青年、做了那么多缺德的损事，但他的死却不是正义的枪毙，现世报来得快，这才大快人心！迟到的正义，会让天上的太阳黯淡无光。

吴良的死是在金玉出走四年以后。

吴良在那段时间打着破四旧的旗号，扒了吴家自己的祠堂、毁了土地山神庙，还挨家挨户地收缴供奉牌位。常太把自己家供奉保家仙的柴房上锁后，领着常胜以游医为名躲出去，却遭了更大的祸殃。

吴良竟然暗地里指使爪牙，去常太家的柴房放火，事后却说是柴房里面的烛火引起的火灾。这家伙翻脸比翻书还快，嚷嚷着要治常太个反革命纵火罪呢！后来在父老乡亲的求情下，又半抢半要常太院子里两只下蛋的母鸡后，才算放过常太。

小常胜对这两只母鸡可有感情了，既是宠物也是玩伴，还是饭票呀。每天早上的一碗鸡蛋水或者是一个鸡蛋羹，是小常胜最盼望的美味，如果鸡蛋水白糖再多放些，或者鸡蛋羹里酱油能再多些就更好了。就不能是每天一碗鸡蛋水加一个鸡蛋羹吗？这还真不能，除非是过年。还有白糖和酱油那可稀缺着呢，凭票供应，有钱都白搭，何况祖孙俩兜里也没啥余钱！

吴良抢走了这两只母鸡，小常胜伤心地哭了好几天。爷爷无奈拿出压箱底的钱，想去赎回那两只母鸡时，却被吴良告知，母鸡已经被打了牙祭，还骂骂咧咧地嫌鸡肉炖不烂塞了他的牙缝……

小时候常胜的眼里，公鸡是穿着花花绿绿衣裳的男孩，母鸡是一袭素装的女生。常胜自己在家时，家里的鸡就陪着常胜玩，常胜好像能听懂鸡说的话呢。可常胜把这些和爷爷说时，爷爷总是微笑不语，邻居们听了都纷纷说，这孩子想妈妈想的，咋这么多疯言疯语呢！

常胜四岁时，春节前随爷爷去隔壁钟二婶家玩，回来时，就哭着求爷爷花钱买下钟二婶家的一群芦花鸡。当爷爷凑够钱时，鸡已经都成了白条冻鸡了。常胜哭得像一个小泪人，嘴里喃喃自语："对不起，对不起……"。自此常胜再也不提和鸡沟通的事了，虽然有时候还和鸡们一起玩耍。

据说吴良是发疯而死的。

在东北一个极寒的夜晚，当然也是一个普普通通的夜晚，普通得连天上的星星都懒得眨眼睛。漆黑的夜晚突然冲出一道身影，但这是一道一丝不挂的裸体身影，与大地的白雪相映像把黑夜撕开了一道口子。这道身影向前方伸着双手，嘴里胡言乱语地喊着："宝贝儿，你等等我……"飞也似的向大山深处跑去，其速度快得惊人，有路遇阻拦的人也被其一脚踢飞！

这道身影想必大家都猜到了，是队长吴良。

由于其是在家中酒后夜半睡梦中突然蹿出门外，家人和村里的人，严冬农闲季节基本都猫在家中。何况漫漫长夜，即使睡不着也是躺在床上胡思乱想，这队长突然像毛了的儿马子裸奔入山，基本是一路绿灯畅通无阻状态。

再看到其尊容时，已经是第二天，搜救小组由民兵队长带队（家里人竟然无人靠前），在大山里的一棵几百年老榆树下，发现了惨不忍睹的吴队长遗体。其身体的关键零件被动物啃食得七零八落，肚子也被掏空，但面容却出奇的完好，一脸诡异的笑容，让现场更显恐怖，有人开始呕吐……

渐渐的，山杠里开始有了传言。被吴良途中踢飞的王老蔫说，他当时好像看到吴队长前面，有两个年轻女子在招手，一位一身火红，一位一身金黄，身姿甚是妖媚勾人魂魄……

以后也有村民不断附和，纷纷证明果有此事，其中属冯大白话讲的最活灵活现，简直身临其境一样！

第六章　错失传家宝

时光荏苒，转眼常胜长大成人，论外貌那是青出于蓝而胜于蓝，比他爹常义当年还帅气白净，人家妈妈可是正宗的城里人呢。论才学，高考时在县里也是名列前茅，在村里绝对称得上秀才。其大学毕业后，进了事业单位，也算有了不愁吃喝的铁饭碗。不过这个常胜无论是上大学还是在事业单位工作，都表现得很平淡，没啥高光时刻。

这甚至让那些爱点评人生的人，尤其是冯大白话惋惜地评价道："白瞎这长相了。"

其实也不至于吧，常胜能从小山村考大学进入了城市，也足以说明他还是努力的，虽非顶级名牌大学，但也属山沟沟里飞出的金凤凰不是。

只是在上大学期间，连正经对象都没糊弄来一个，这让急着抱重孙子的爷爷很是遗憾。

"你说在动物园里都打不到猎物，赤手空拳地来到社会丛林里，还不得打一辈子光棍！那可真白瞎这长相了。"冯大白话如是总结道。

偏偏就这么一个看着有些木讷的常胜，居然有一颗不安分的心，身边人都忙着涨工资、提干和娶媳妇，他却辞职下海了。

"学别人下海，学会游泳了吗，哥们？"冯大白话善意地提醒道。

辞职下海后，常胜一直游走于南方北方两地，但其并没有继承妈妈家族的经商智慧，貌似精明，实际上耿直憨厚，在商海里总是不温不火，台风来了不曾起飞，潮水退去也没有裸游而已。

不久，常胜又去了与大汉国远隔重洋的树国，入境渠道是自费留学。那时大汉国出国热潮汹涌，大家一窝蜂地往资本主义国家跑，常胜也没能免俗啊！

为什么去树国呢？因为常胜居住的山村里，曾经生活着树国的遗孤和女人。平时言语交谈，也让常胜对那个岛国有了些向往和好奇，而且村里的年轻人去树国淘金可不止常胜一人。

为了常胜能在树国安心读书，穷家富路，爷爷拿出了祖传心爱之物——对宋汝窑笔洗！

爷爷从小亲手抚养常胜长大成人，自是充满厚爱，听说自己的孙子要去树国留学，心里那叫一个美。终于要光宗耀祖了，看来祖宗显灵，老天开眼了。老人家欣喜之余，也是囊中羞涩。黄村长听说此事主动找上门了，原来他早就觊觎老常头的宝贝了。

什么宝贝？祖传的宝贝呀，一对北宋汝窑笔洗，宋徽宗亲自用过的，那是怎么传到常太手里的呢？不平凡的宝物，自然有不平凡的来历……

原来常太祖上，有一位是大汉国北宋时期的金牌御医，其姓常名无字乃久。后北宋被金人端了老巢，徽钦二帝做了俘虏，常无也跟随徽钦二帝来到塞北寒地，忠心耿耿地护佑老皇帝。金人因其超一流的针砭推拿、汤药的手艺和一身好功夫，不但没为难他，相反，对常无的各方面待遇还非常好。

常无衷心侍主不离不弃，经常把自己从金人那里得到的好吃好喝（金人也吃五谷杂粮，哪能没有个病灾呢？谁求不着谁呀），自己不舍得享用，偷偷地送给老皇帝。今天半只烤羊腿，明天一块酱牛肉外加一壶米酒，那可是皇后都要扮成动物行牵羊之礼、老皇帝偶尔吃顿饱饭，都要写诗歌功颂德的悲催时代啊！常无争取来的这些待遇，对老皇帝很重要，所以老皇帝对常无就越发地倚重。

那时不堪受辱自杀和被折磨而死的皇族及大臣很多，其中有一位郡主每日怀揣利刃，每次金人欲行不轨都以死相逼，还颇有酒量，也灌不醉（实际是常无暗中给她配了解酒药）。后来金人无奈顺水推舟，把她赏赐给了常无做老婆，这也算是金人对手艺人的尊重吧。

"你看看你看看，无论在哪里，无论什么时候，有一门好手艺太重要了！"冯大白话感慨道。

其实常无有的手艺，又岂止是一门呢！

徽宗得知当然高兴，写贺词老皇帝真没那心情了，赠送随身笔洗做贺礼吧，这对笔洗是老皇帝的心爱之物，此时也兼当了饭碗之用，绝对的生活必需品。

这对汝窑洗，釉如凝脂，天青犹翠，冰裂莹澈。器型巧致雅绝，洗敞口、浅弧壁，圈足微外撇，底见细小支钉。胎呈香灰色，通体施淡天青色釉，通器臻善，几近完美。其釉色还有多样变化，亦有莹亮晶透，青翠泛蓝，细披冰裂开片纹者，本是御用匠人奉徽宗圣旨专门为宫廷烧制的。

老皇帝把自己最心爱的宝物送给常无，除真心祝福之外也有保护流传之意。现在虎了吧唧的金人不识货，说不定哪天这宝贝就被金人给瞧上了呢！再说老皇帝也不愿意苟活于世了……

后来南宋联合蒙古族铁骑灭了金国，徽宗的灵柩也被迎回，一朝天子一朝臣，赵构却不允许一干旧臣回归故国，于是常无一家至此流落东北民间……

后来的大汉国医学北药体系的建立和桦树茸入药，都赖常无之功，这是后话。

正可谓是：

> 旧时王谢堂前燕，
>
> 飞入寻常百姓家。

我们接着说传到常太手中的这对汝窑笔洗。

"老常大爷，你需要多少钱呀？我可以借你，都乡里乡亲的不是？"黄村长屁颠屁颠地说。

但黄村长的所谓借款是需要有物品质押的。黄村长脑袋灵活，与外界文物贩子有联系，自然知道宋朝汝瓷宝物的价值。但他也只是隐约听冯大白话说，老常头有这么一对祖传之宝贝，也没真正见过。其实这宝物外人也没谁见过，曾经有那么一段时间，你这祖传的宝贝，要不挖地三尺埋好，肯定会被戴红胳臂箍的年轻人给你砸了。

结果北宋汝窑的这对原皇家笔洗，就这样被作价5万元到了黄村长手

里。据说黄村长看到这对宝物时，眼睛都绿了，哈喇子淌一地……

村里还有一位从外蒙古来的村民，为了感谢常太治好了他的老寒腿，送给常太一尺宽的红黑相间的圆形石头，做酸菜缸压石，也被黄村长以给村里盖仓房，需要奠基石为名，做了添头，无偿地搬走了。蒙古人和常太都不知道，那是一块极品巴林鸡血王玉石，价值连城呀！

其实也没啥惋惜的，我们现在的玉石宝贝，曾经还不都是成卡车成卡车地让精明人从产地以白菜价拉走的……

第七章　留学遗梦

就这样，常胜怀揣祖传国宝换来的散碎银两远渡东洋。

在树国，常胜上课时经常睡觉，但学习成绩却好得让认真上课的同学嫉妒。课余勤工俭学虽是三天打鱼两天晒网，但工作起来还是蛮卖力气的。甚至被树国的地下社团组织相中，估计那个组长是个颜值控。但常胜这家伙，行走坐卧的标准造型是仰着头，眼睛基本是望天，好像地上的事都和他没啥关系似的，当初的大国营金饭碗都说扔就扔，对于加入什么地下社团也没啥兴致。

但常胜也发现了自己似乎是有特异功能的，就是自己睡觉的时候也能听课，似乎是左右脑能轮番休息。还有就是自己睡觉的时候，要是把一本书放在枕边，醒来的时候基本就能熟知一些书中的主要内容。但这书只限于中文版，而且是繁体字的书效果更好。即使如此，常胜也是多看闲书，当然《易

经》和《黄帝内经》还是通读了多遍的。甚至在树国的地摊还买过好多中国武林秘籍、少林寺七十二绝技一类的书。

常胜也想不通为什么有这样的学习功能，也常常苦思不得其解，直到有一天，爷爷从常胜自幼就枕着睡觉的荞麦皮枕头里面，拿出了那本甲骨天书。

转眼在树国匆匆数年……

想着爷爷年事渐高，自己在树国依然没能找到开挂人生模式，除了对喝可口可乐和洗海水澡的满足之外，还有就是对曾经惊鸿一瞥的那位日本富家女——原乐惠子的好感了……

好了，不说了，连话都没搭讪一句，更别提其他了，单相思都算不上，郁闷呀！啥也别说了，打道回府吧，虽不是铩羽而归，但也绝对不是凯旋。

就这样，常胜带着一大堆家用电器、马桶盖和些许美刀（肯定够还黄村长的了）回村了。爷爷心里非常喜欢这些家用电器和马桶盖，但还是以晃眼睛费电、屁股享不了那福为由，打算找黄村长用这些地道的树国货，去换回自己的传家宝物。美刀要留着给常胜说媳妇过彩礼用呀，要想在山村里面找媳妇，彩礼可老高了。

可这时，黄村长已经全家消失了，无影无踪不知去向了。黄村长真真是高人，拐走了国宝不说，还躲过了后来的反腐风暴，躲过了后来的扫黑除恶……

据冯大白话说，黄村长一家出国享洋福去了，好像是在海外买了一个开满桃花的岛屿，购置了超豪华游艇，盖了一排海景别墅，每天海钓，自称黄岛主。后来冯大白话又说，黄村长一家生活在帝都市的一套幽静四合院里，据说那套院落现在的价值已经很难用金钱来衡量了。

第八章　家族传承

常胜一直会碌碌无为吗？

"这作者会不会写小说啊？主角的光环在哪里呢？"冯大白话的插话中，带着起哄的味道。这里还是要再次介绍爷爷常太，其祖传有三绝：医术、华夏忍术和易术。怎么评说呢？老爷子的中医水平绝对够扬名立万的，但老爷子心地善良，不懂得蓄财，还乐善好施，再加上那个特殊的年代，清贫一生。

那为什么说是忍术而不是武术呢？上文已经交代，忍术不是武术花架子，是皇帝他老人家的侍卫长常先传下来的杀人技呀，出手就要伤人呐！

易术嘛，常仪的真传，甲骨天书那是誉满宇宙呀，后文自有交代。

实实在在讲，老爷子是一位身怀三绝技的纯正大汉道医，就是精通医术、武术和术数。

现在的大汉国，真正的道医，可是少之又少了。

别看老爷子本文书默默无闻，在本书的续集中，那可是风头无俩，都给国家元首治病呢！如此，老爷子的儿子和孙子当然也都应是三绝技秘传的对象。当然中医医术例外，自此医术在老常家要失传了。易经算卦，在那个年代属封建迷信，都成了被踏上一万只脚的咸鱼了，不传也罢，常太违背祖训也是无奈至极。

所以儿子常义只学得了一身好武艺，在当时是绝对的隐形冠军。其忍术在术的方面，已经登峰造极，但在忍术道的方面，因为没有医术和易术做底蕴，未达到中和之大本的至臻境界，人生才有过不去的劫难呀，这是常太后来的反思。

儿子重情重义的情种性格像我啊！老爷子常常在没人的时候自嘲，也常想起让自己一辈子为之孑然一身的那个孩他奶奶……

虽然我们还没看到常胜施展忍术和易术这两方面的绝技，但常胜无疑是有这两下子的，看来爷爷还是把这"封建迷信思想"灌输给了他，常胜是货真价实地用易经知识启的蒙。别人都背唐诗宋词，常胜却是背的卦辞和爻辞。在本书的结尾，再回头看，以前的常胜在不得其驾时，能够安心地睡一个懒觉，也是深谙潜龙勿用的道理。

其实常胜一直都在等待机会，深知"天将降大任于斯人也"前，必有先折磨你一番的前奏。风来的时候，常胜也绝对能把握时机，率先就能在风中与凤凰翩翩起舞呢！后文中，各位看官就能欣赏到那霸道的舞姿了，那征服的可不是蜻蜓蛱蝶，世界都为他倾倒，宇宙都为他喝彩呢！

"太能白话了吧，你吓着我了。"冯大白话颇为不信地吼道。

看来常胜一直都在准备，一直都在路上，机会自然是留给有准备的人。切记，当全世界都被你感动了的时候，你也一定要有下一步敢动的勇气！

别急，常胜的忍术，就要率先在后文的鲲鹏山脚下操练起来了呢，而且是一战成名，出道即巅峰！

小时候的常胜，在与小朋友交手或吵架时从没赢过，吵不过是嘴笨，但打不过不应该吧？原因是这个样子的，是爷爷不让还手，也不敢还手，医药费太贵了。而且挨小朋友几拳，也根本没有什么伤害性，但侮辱性极强啊！要不怎么说是练忍术呢！

谁能知道，这个人人得尔欺之的软柿子，甚至连一只母鸡都掐不过的人，不是你认为的窝囊废，而是如假包换的高手，高高手！

常胜曾多次在与小朋友们单独玩耍时，救过小朋友的性命，在水中、在铁道线旁、在公路边……只是他自小低调，不愿意宣扬，被救的小朋友也不敢告诉家长，如是绝对是凭实力的深藏功与名！

说罢祖传绝技，再说祖传天书。

甲骨天书的作者本是常仪，下文书外星人金刚归还甲骨天书时，当然也是归还给常仪。金刚们物归原主时，也没忘了和常仪、黄帝在一起，以指点和探讨两种模式，卖弄一下自己对天书的认识和理解。金刚们对甲骨天书可是有感情的，相伴这么多年不说，也是自己的救命恩人呀！没有这本天书，当初他们在宇宙长城脚下，肯定就被同是外星人的黑鲨船长给吹灯拔蜡了。

我们可别小看金刚们的这次卖弄，表面看是探讨易学知识，实则是开启地球人群体智慧的壮举。黄帝后来战无不胜自不在话下，就连我们现在的电子计算机、量子力学、基因编程等尖端科技，都来自甲骨天书的启发呀！

　　常仪飞升月亮被称呼为嫦娥之前，给家人留下来这块甲骨天书，后一直由皇帝的近侍常先家族保管。对，现在传到了常胜的爷爷手中。

　　由于该甲骨天书曾经在外星世界老盟主、氢基生命族长氢白老人手里的时候，氢白老人用宇宙微波辐射频波，对甲骨天书做了传世处理。这块甲骨在宇宙任何地方，都能连接能量自我修复。现在这块甲骨天书早已是菩提不坏之躯，又兼备几千万年的宇宙灵气。

　　祖传绝技和祖传的天书，软硬件都杠杠硬，你们说，我们的主人公能让大家失望吗？

第九章　转世灵童

　　本书的女主、树国的原乐惠子到现在还没出现，晚是晚了点，但等一出场就是故事高潮！您就耐心看吧，保管你看了不吃亏，看完了不上当。女主出场前可要隆重铺垫，有多隆重？这要从真如法师渡海弘法说起，真够隆重的吧！

　　唐朝高僧真如法师去大树国弘扬佛法的典故，想必大家都知道，但大家不知道的是，真如法师在树国弘法还有秘传一支。由当时真如法师最得意的树国弟子思妙法师受秘单传，发大愿做转世修行人，直到弥勒佛（白阳佛）降世，相伴弥勒佛在娑婆世界弘法再证菩提。

　　转世修行人其实就是活佛，只是没有这个制度和封号，思妙一直转世在树国，身份从幕府到武士到平民。其使命是累世不忘的，诵咒《安土地真言》，这是真如法师所嘱咐的使命。因为真如法师法眼神通，虽然看世界如

梦如幻，但悲悯众生，知道树国未来世，必将沉没于大海之中，就口传真言并秘传思妙法师转世令此法音不断，可保树国国土平安。

这个灵童最大的特点就是身份不是僧人，是入世的俗人，这也符合后来树国的佛教流传体系。

原乐惠子先祖曾是九珊家族族长的长子，九珊家族的族长就是那一世思妙的转世灵童。后其长子因性格放荡不羁，放弃继承族长之位离家出走，做了一名流浪武士。后人也就没有再保留家族姓氏，如此九珊家族也有一支散落民间。

原乐惠子何许人也，就是常胜在树国留学打工期间，有过几面之缘的大树国富家之女。

原乐惠子外婆的爸爸福岛东仁，曾是大汉国伪满时期，树国东北开拓团的高层。其女原乐惠子的外婆福岛纯子，被好心的大汉国东北农民何氏夫妇收养。惠子外婆福岛纯子就是思妙的转世，其中文名字是何平。所以虽然经此磨难，树国还是要回的，重任在身呀，每日持咒不断，为树国不被淹没，也为汉树两国的长治久安。

当年福岛纯子被爸爸带到大汉国东北，在大汉国上的小学，汉语自然说得是哇啦哇啦的。惠子又是外婆一手带大的，其汉语水平自然没得说，甚至东北方言都呱呱的。惠子外婆家是贵族，外婆爸爸福岛东仁属公派开拓团的高层领导，福岛东仁的想法是移民的可以，但战争大大的不好。后来福岛东仁抗命不参加关东军，被迫切腹自杀了。福岛纯子失去庇护，树国战败后滞留大汉国，被大汉国东北农村的一对纯朴夫妇收留保护才得以活命。何氏老夫妇的唯一儿子，还是死在树国士兵的屠刀下呢。

　　所以在后文，惠子为替外婆报答大汉国的收养之恩，让常胜求月亮人和金刚们将送给常胜的海量黄金，存放在白山黑水之间，要让这片有情有义的土地变成地球村最富庶的地方，让那些逃离故土的人后悔几辈子。若干年后，这批黄金在常胜暗地指点下，被当地政府发现，并用于地方建设和民生福祉，冰天雪地是金山银山的梦想终于实现了。

　　为了我们的梦想，月亮人和金刚们无奇不有的外星世界，自带灯光音响闪亮登场了。

第二部　外星世界

第十章　生命多元

　　宇宙早期行星环境以炎热或寒冷为主，当然现在也还是这样，所以我们碳基生命确实比较金贵。但氢基生命、硅基生命和氨基生命，却早地球文明100亿多年就开始产生了……

　　我们这个宇宙中，生命存在的方式多种多样，我们宇宙曾经的战国时代，七种不同生命形式的智慧生命，金戈铁马逐鹿宇宙中原。现在距离地球7亿光年的布茨空洞，就是古战场约战的遗址，几十亿年过去了，2.5亿光年的区域现在还是空无一物、寸草不生，可见早期宇宙战争之惨烈。

　　生命形式各不相同，起源也不一样，有在空中演化的宇宙漂浮者，有在水里生息的，有在陆地上进化的，有在天空飞翔的，有耐高温的，有抗低温的，还有水陆空三栖的，超级文明生物都可以呢。

　　无论智慧生命形式如何层出不穷，关于其宇宙文明等级，可以从卡尔达肖夫文明指数计算得出。

一级文明是可以完全利用自己所处星球中的能量，可以随意改变自己星球中的各类自然条件。如果用该指数计算，我们地球文明只能达到可怜的0.73级。

二级文明是还能够掌握其所在恒星系统中的恒星能量，所以也叫"恒星文明"。二级文明对恒星能量的运用，会使用到一个叫戴森球的装置，该装置可以将该恒星包围起来，然后吸收它的能量，有点像巨大的太阳能面板，只不过它吸收的不只是阳光，而是全部的能量。

三级文明能够掌控整个星系或星团的能量，控制超出恒星文明100亿亿倍的能量，而且这个数值还只是科学家们推测出的一个平均值，如果该宇宙文明所处天体体积更为巨大，那么该星系中可供利用的能量也会超出这个平均值。

四级文明并没有在卡尔达肖夫指数中被划分出来，因为三级文明所利用的能量就已经超出了我们的认知。

如果真的要给四级文明设定一个指数范围，只能说也许宇宙中可见的80%的能量都能被其使用。

那五级文明就是可以完全驱使宇宙可见能量，并能利用暗物质和暗能量了。

这是目前作者能想象到的。但宇宙文明的高度肯定不止五级，这岂不是把大罗金仙也踩在脚下了呀！

"那那那，踩我们地球，还不是，不是不费吹灰之力了呀？"冯大白话已经被吓得语无伦次了。

　　从我们地球生命系统推理，食物链的顶端数量一定少之又少，比如非洲草原的狮子一定要比食草动物少很多，这样狮子才不至于饿死，还有狮子之间的残杀，也是种群自我净化和保护的最好方式。

　　如此看来，外星文明之间肯定也有不文明的杀戮，但却是宇宙文明进化的必经之路。那么最高等级的智慧生命，是不是就只有一个人了呢？或者干脆与宇宙合而为一了呢？

　　宇宙广大原子丰富多样，组成智慧生命的基本形式也绝不会单一。

　　因为氢元素是宇宙中最早的元素，氢基生命自然是最早产生的智慧生命。氢基生命最早起源于空中，是宇宙的漂浮者，后来移居入水，成为水族的首领。进化到现在也还有类似龙和鱼的外形，当然，后来也可以自由地行走于陆地和飞行。

　　"这不就是我们地球人眼中的龙族吗？"冯大白话的这次插话，很有科技含量。接着说马上要登场的硅基生命体——金刚族群和氨基生命体——修罗族群。

　　硅基生命其有水晶和金属完美结合的身体结构，而且灵活程度上一点儿也不亚于人类。其身体非常柔软，但在受到打击时却又异常坚硬。

　　食物也更不相同，比如硅基生命的零食可能是沙子和水泥做的饼干。最有趣的是，它们的呼吸会随自己的心愿等离子化，也就是说，它们以呼吸的方式，就可创造出类似水晶晶体样的物质，太不可思议了吧！

　　嗨，老铁，给我呼出一只金发丝水晶的手镯怎么样？

　　氨基生命是什么样子呢？

　　如果有某种物质能够代替水的话，那么毫无疑问的就是氨，因为在某种程度上氨和水有一些特质是很相似的。水和氨都可以以自身为基础，形成新的化合物。那么既然如此，以氨为基础形成一套新的生物架构，就如同以水为前提下形成地球现在的生态圈一样，氨也同样可以形成类似的一套体系。

所以宇宙存在的氨基生命，某些方面比我们碳基生命更为容易诞生。

不过，假如我们真的碰到这样的生命体或者外星人的话，我想也不用太过于惊慌，因为不同的元素构成的生命方式也是千差万别的。对于硅基、氨基生命体来说，类似于地球这种环境可能对他们来说如同地狱一般，它们也不会以居住为目的入侵地球的，但其他目的的入侵呢？

细思又极恐，因为其他目的肯定是有的，比如消灭地球文明或者毁灭宇宙……

果真如此的话、我们地球人靠什么抗衡呢？

我们地球人的生存法则也是强者为王，地球上的霸主肯定是一等一的军事强国。《孙子兵法》《战争论》以及与天斗、与地斗、与人斗其乐无穷的伟大思想，还有战斗民族的称号等等，都彰显着这个生机勃勃星球上的丛林法则和武力值。

当然，比起其他文明的综合实力，我们碳基生命爆表的还是智斗，所以最早的碳基生命文明始祖被称呼为"智人"。

如此看来，只要假以时日，碳基生命一定会是未来宇宙的执牛耳者，自然可以应对宇宙突发事件！

但我们需要克服贪婪的本性，碳基生命为什么会小家子气呢？碳基生命是以碳元素为有机物质的生命体，地球上的所有生命体都属于碳基生命，人类当然也是。

碳基生命的形成条件非常简单，只要有水和氧气就行。

但碳基生命又非常脆弱，因为碳原子极其不稳定，如果遇到高频率的能量，碳基生命就很容易被分解掉。所以我们是无法在充满宇宙辐射的太空中生存的，宇航员们在漫步太空时，也只能穿上特制的防护服才能保证安全。而硅基生命和氨基生命就不一定需要。

我们碳基生命的龙头老大——地球人的生存，对环境却过于依赖和挑剔了，阳光、水、氧气、食物、火、工具、居所、部落是一个也不能少。

从采摘狩猎到手工务农，种族的优势来源于食物的多寡。其实当初远古的种族清洗不用杀戮，智人靠脑力只需要能多得到 4% 的食物，几千年的自然进化，就会让尼安德特人断子绝孙。

真真是人以食为天呀！

为了维持生命的有序生存和进化，我们地球人与大自然的生态环境很难和谐共处，大量的消耗和破坏，似乎昭示着碳基生命和宇宙之间的矛盾。如此我们的有序永生，是要建立在宇宙的无序毁灭上，这是比热力学第二定律还要让人绝望的推断。显然这是悖论，建设者怎么变成了瓷器店里的大象？

但现在看来，这支被牢牢地禁锢在母星和主序恒星领地，脆弱而稚嫩的地球碳基生命文明，什么时候依靠什么，才能在宇宙中大放异彩呢？

现在看不到希望不等于没有希望，我们想要的也许就在来的路上，我们不想要的呢，也许正在去的途中……

第十一章　金刚与修罗

恒光大王统领的金刚族硅基生命和黑鲨船长统领的修罗族氨基生命，由于生存环境一热一冷，生活习性截然不同，本来不应该有什么交集，但这最早的宇宙两大文明族群，怎么就从穿一条裤子又到你死我活了呢？

宇宙虽然很大，能量却是守恒和有限的，原来这么浩瀚的宇宙，最终因为能源和能量之争，生生地毁了一支又一支宇宙早期的文明。喜欢炎热的金刚族硅基生命，虽是铜头铁臂的钢铁战士，却被阴柔的修罗族氨基生命打败了，应了大汉那句古活：柔弱胜刚强。

具体的这场争斗细节，对于我们而言就是神仙打架！这种史诗级的战争，从来都不是对等的，只有碾压似的毁灭，根本不会出现势均力敌的拉锯战，为什么呢？因为真正的聪明人，不会打没有十足把握战争的。首战即决战，失败就等于毁灭！

不过，外星世界曾经的宇宙战国时代除外，因为那时候的宇宙文明还属于一言不合就扔核弹的野蛮社会。

现在如果想灭你，哪会还有什么短兵相接的情节供吃瓜群众消费，都是杀鸭用牛刀式的摧毁没商量，比如说绝对零度封锁、老化恒星、放逐母星、星际撞击、制造超级病毒等等……

但本书中外星世界的最后宇宙大战，却是采用近乎原始的决斗方式，就差直接拍板砖、咬耳朵了。本来是几乎势均力敌的两大宇宙帮派，还是亲家和盟友，再加上双方都是宇宙顶级的大流氓和老炮，双方肯定都力求避免冲突，但为什么还是难免一战呢？

最后直逼得金刚族硅基生命残部在二头领光明使者的带领下，避祸来到太阳系的金星，从而又发生了一系列影响地球文明乃至宇宙文明的事件。

这氨基生命的大统领黑鲨船长，属于修罗族群，是一只生活在寒冷环境下的蓝色的大虫子，明明贵为王者，却自诩为船长。但这是宇宙中最聪明、最强大、最有权势的虫子，一只喜欢戴着王冠的虫子，一只嘴里可以分泌出透明毒液的虫子！这是宇宙最狠毒的液体，他还能让物体瞬间降温，接近绝对零度，可怕吧！大蓝虫子的一个唾沫星子，几乎可以让时间静止！

但大蓝虫子的生活却不奢华，吃的更无皇家气派，几乎同我们地球植物一样的口味，类似化肥一样的吃食。恶心了吗？正所谓：你的参汤，别人的砒霜，不足为怪。

在宇宙坐标中，硅基生命在南，氨基生命在北，这也称为宇宙的南北战争。

开始，高大、健壮、威猛的硅基生命——金刚们是占上风的，一度打得氨基生命——修罗们落荒而逃，但金刚们最后还是败出了宇宙的舞台。金刚们打架注重的是勇猛，金刚大头领恒光大王号称宇宙第一勇士，其手中的金刚杵，在氢白老人的宇宙兵器谱中，亦是排名第一。

而黑鲨船长带领的修罗族群则注重谋略，兵者诡道也，这场战争开始之前，结局早已经注定了。

谁能想到如此高级的宇宙文明，宇宙最著名的史诗级战争竟是冷兵器的干活，据说是双方的君子协定。因为一旦让科技的力量加入到战争，双方的结局就是与他们的大千世界一起毁灭。布茨空洞的血淋淋教训，让这场决定宇宙命运的大战，变成了王八拳一样的群殴和械斗……

是的，他们可没有什么传统的武功和兵书战策，想想他们的群架也真的很无聊，真的吗？子非鱼，安知鱼之乐乎？胜者得到的可是货真价实的宇宙统治权！

只告诉你硅基生命的一个本事，你就会可惜他的失败，他们可以把物体瞬间加热到3000万度，这温度即使只有一根针的体积，都会把远隔150公里的生物热死……

再说这个大蓝虫子黑鲨船长，当他在宇宙中发现这个蓝点时（地球在宇宙中就是一个小小的蓝点），也预感到碳基生命蓬勃的发展潜力。但迟迟没下毒手，是善心大发了吗？肯定不是，请你复习霍金的关于外星邪恶文明的警告，真正的原因是有宇宙长城的存在。

宇宙长城是什么东东呀？还得从修罗族群和金刚族群的爱恨情仇说起。

两大文明之所以大打出手，是因为修罗族群违反了曾经的宇宙公约，它们企图开采暗能量和暗物质，目的当然是独霸宇宙。

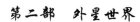

　　修罗族群不是好饼，金刚族群也不是善茬子，他们用戴森球榨取恒星的能量，大批恒星为此早早夭折。而恒星的衰亡式变化过程，最被消耗的就是暗物质和暗能量。于是，为了这看不到却无比重要的奶酪，为了秉承自己族群优先的私利，也为了避免宇宙失速崩盘的命运（如果暗物质、暗能量消耗无度的话），终极之战是不可避免了。直到黑鲨船长一伙大获全胜，金刚族群几乎全族被歼灭，只有二头领光明使者和极少亲信逃到我们太阳系的金星。

　　为什么来银河系避难呢？

　　又为什么选择了太阳系呢？

第十二章　宇宙长城

在我们银河系之外极其遥远的地方，还存在着一片不为我们所知的特殊区域。这个区域太特殊了，这里不存在任何的宇宙尘埃和陨石，没有星系天体，温度零下 260 多度，甚至更低，将银河系与外星世界隔离开来。

这是一片不同于真空的环境，因为就连暗物质在这里都是不存在的，而如果有宇宙中的其他物体进入，靠近边缘区域就运动到另一个方向，根本就进不去，堪称宇宙最高等级的迷宫。这可能跟宇宙暗能量引力有关，或者这就是宇宙意识的产物吧。

外来的物体总是在这片区域的边缘位置而不得进入。这片特殊区域，很可能就是宇宙的边际的组成部分，其包裹着整个银河系的目的，就是保护银河系不受其他星系文明的侵犯，所以称之为宇宙长城。

原来号称无边际的宇宙，居然还有一片如同屏障一般的边际区域。还

好，这片区域的温度还没低到让光子也不能通行的地步，否则我们仰望天空，也只能是仰望银河以内了，我们所有关于宇宙的认识也都将是错误和假象，我们差一点就成了井底执著于梦幻泡影的青蛙呀。

但这屏障只要是有质量的物质就无法通过，这屏障对我们地球文明到底是保护还是桎梏呢？

"我们岂不是成了宇宙的囚徒了？"冯大白话一时语塞，插话都带着哭腔。

"冯大白话，你走走心吧，我们连太阳系都飞不出去，你还操上银河系以外的心了。"作者看冯大白话傻傻的可怜，就安慰他说道。

硅基生命的金刚族群之所以来银河系避难，就是因为银河系由于有宇宙长城的保护，成为两大文明唯一没有征服涉猎的处子星系。虽被黑鲨船长觊觎已久，奈何长城太坚固、太诡异，谁都过不去呀！

但金刚们为了逃亡，无奈硬闯宇宙长城，有幸得到了最后一位氢基生命的族长氢白老人的帮助，虽然搭上了大首领的生命和大部分储备能量，才勉强从宇宙长城杀出一条稍纵即逝的生路，幸运地突破了宇宙终极屏障，最终来到了太阳系。

外星文明的不请自来，对于以后的地球人来说，是祸是福，还是福祸相依呢？

由于有宇宙屏障的存在，银河系是宇宙外星世界智慧生命心中最神秘、最纯净的乐土，也是氨基生命和硅基生命最向往的地方，是它们的神话故事和科幻小说里的主角呢！

金刚们选择太阳系迫降金星，金星的温度和大气层非常适合它们避难和养老……金刚们最初还有在太阳系建立流亡政府，然后利用稳定的太阳能源继续发展，以图将来东山再起，再与黑鲨船长一决高下。打太阳的歪主意，这对地球文明来说是什么样的灾难呀？祸从天降啊！当金刚们的戴森球笼罩太阳之时，就是地球生命的灭亡之日呀！

好在吉人天相，当金刚们去地球完成归还甲骨天书使命，并准备开采戴森球材料时，发现了地球智人的宇宙级别的秘密。此时的智人虽然在大自然面前还无比脆弱，但硅基生命发现了其巨大的宇宙王者潜能。

什么潜能呢？

地球人的大脑当下只利用了 3%—5%，而且地球人的大脑里都潜在一种"冥想"功能。什么意思？就是思想很强大，实际行动力还很弱，如果将来地球人大脑 100% 开发，思想能力和行动力一致，那"冥想"就是心想事成，那还不是妥妥的宇宙霸主！

如果在金刚们如日中天的时代，此时的地球和地球人肯定会被光明使者下令毁灭，但现在的硅基生命今非昔比，已经是凤凰落坡不比土鸡了。其此时伤害智人，无疑是帮助黑鲨船长去实现统治宇宙的理想。敌人的敌人就是朋友，于是乎，金刚们收起了准备挥向太阳的屠刀。

后来金刚们又发现了地球鲲鹏山的两大秘密，这让它们改变了当初亲力亲为，重新崛起去找黑鲨船长报仇雪恨的初衷。当然这初衷也是不能现实的画饼，败就是败了，自己曾经半壁宇宙江山都丢了，偏安金星一隅，妄谈反攻大宇宙，也是自欺欺人之举。

即使是这样，金刚们决定放下卧薪尝胆的雄心，转而守护地球生命崛起时，那些手里还拿着曾经统治过星球地契的部分金刚成员，还是哭晕在厕所

第二部　外星世界

里，甚至还组织了一场不大不小的兵谏……

这些插曲一带而过，金刚们所谓的帮助地球人崛起计划，最大的善举就是放过太阳，并躲进了金星的地下，开始了真正意义的隐居生活。虽然也有时候，去火星上驾着金刚战车撒撒欢，激起满天的沙尘暴……

但金星的地下可不是活死人墓，金刚们虽然不再想反攻宇宙大陆，但还没到闭门吃斋念佛的程度，复仇的心始终还在骚动，他们要在地球上，给黑鲨船长挖一个巨大无比的坑……

这个填大坑的主角，就是现在还手拿石头，在剑齿虎面前瑟瑟发抖的地球原始人！

老铁们，你们有没有搞错？

55

第十三章　改朝换代

表面上看，黑鲨船长和恒光大王两大阵营的殊死肉搏，是因为能源之争，是黑鲨船长背信弃义开采暗物质毁约在先，实际上这是黑鲨船长设计的圈套。

黑鲨船长，怀揣着这个宇宙最远大的野心——独霸宇宙！它幻想着站在宇宙的尽头，张开臂膀去拥抱未知的空间，毁灭或创造新宇宙，自己的生命和宇宙一起久长……

卧榻之侧，岂容他人酣睡。黑鲨船长怎么能容得下这帮自以为是的钢铁汉子。金刚们却在自己私人行星庄园，在金子沙滩上，一边懒懒地享受恒星的强光浴，一边温习着黑鲨船长平分宇宙的诺言。

多好的黑哥们，不用我们出兵，仅凭自己一族之力，扫荡宇宙的其他文明，然后天下却是共享，共享时代太伟大了！金刚们沾沾自喜之余，倒还没

忘记科技扩张和发展，同时也毫不讲老友故亲的情面，顺带诛灭了几个反对它野蛮开采黄金的其他星系文明。

金刚们把反对它的智慧生命的星系，要么把恒星戴上戴森球豪夺能量，要么把恒星直接送到恒星墓场，加速变成超新星或中子星后对撞获取黄金，存入宇宙联合储备金库，也是在金刚的领地。要求别的智慧生命把黄金存到自己的金库，也是金刚们敛财的手段之一。这里要着重说明一下，黄金在宇宙里也是硬通货呢，黄金是早期智慧文明技术发展的基础，在外星人的文明世界里，黄金是生活中第一首选。只要能用黄金，就不选用其他材料，不用问，马桶当然是纯金的。是黄金在推动宇宙文明的发展，黄金的大手，是看不见的手，也是一手遮天的手。

外星文明之所以发展得那么迅猛，普遍使用黄金材料是重要推手，黄金虽然在我们地球现在很有地位，号称有色一哥，但其作用还是远远被低估了……

就这样，曾经丰富多彩的宇宙，生命文明形式多种多样的宇宙，在修罗族和金刚们如此踩躏下，就剩下黑鲨船长的修罗族群和恒光大王的金刚族群了。

不对呀，还有氢白老人的族群呢！氢白老人的氢基生命族群是最后被黑鲨船长销籍灭族的。氢基生命有着宇宙最悠久、最伟大的宇宙古代文明，曾经是其他智慧生命的带头大哥。宇宙最早的文字和法系，都是遵循氢基王国的。其他智慧生命的领地和头领，都需要经过氢基生命族长这位宇宙带头大哥的册封。

但这个宇宙带头大哥的想法一直很简单，可以用单纯来形容，对宇宙江湖之事实际不够热衷和关心，用我们地球人的话形容就是很佛系……

宇宙带头大哥氢基生命的族长氢白老人酷爱科学研究，学术和学问可不是盖的，是宇宙中最一等一的学者皇帝。只是他认为技术是最基本的科学，不够纯净，等级也不够崇高。他蔑视实用的知识，他精心地将所有宇宙知识分门别类，却完全不关心武器和娱乐业的发展。

他根据宇宙最初的光——微波辐射背景和有宇宙灯塔之称的造父变星位置，确定了宇宙方位坐标系统，并绘制了宇宙全时空方位图，这航图是从宇宙起源开始，一直到宇宙的未来……

直到有一天，氢白老人无意间得到了一本宇宙奇书。就是一块刻满文字的甲骨，非常非常巧合，通过了宇宙原生虫洞，来自几千万年后的地球。这是一本真正从天而降的天书，也是一本寂寞的书。要读懂这本书，首先要能承受得了孤独与寂寞，因为你需要大量的时间独自思考、演算、琢磨……

那么，这块甲骨是怎么进入原生虫洞的呢？

冥冥之中，自有宇宙天意。

原来是远古时期地球人在鲲鹏山上祭天时，突遇狂风暴雨，就这样鬼使神差地将这块甲骨送到了氢白老人手中。

当时氢白老人也正在打坐苦思，想什么呢？他在想当时宇宙最难的宇宙长城猜想，他一心想解开宇宙长城之谜。

氢白老人并不想真的通过宇宙长城，而且还立下规矩，不允许任何智慧生命靠近长城，他的研究纯粹是学术性的。

天意呀天意，这块甲骨，竟是开启宇宙长城的金钥匙！

天赐宝书，妙手偶得，必须心无旁骛地研究，方不辜负上天美意。于是

宇宙总瓢把子氢白老人，不爱江山爱宝书，义无反顾地脱袍让位。

本来是想让位给金刚族的大统领恒光大王，这伙计可是勇冠宇宙。但由于恒光大王曾经因为野心膨胀和移情别恋，致使氢白老人的孙女氢香公主郁郁而死，这就让氢白老人的远亲——氨基生命的大统领黑鲨船长占了便宜。

都不能让一个女人放心托付，又怎么能承整个宇宙之重呢！

你别看黑鲨船长阴险狠毒，它口蜜腹剑、甜言蜜语的招数老厉害了！胸脯拍得咣咣地，誓言发得都气吞山河，甚至还削发明志，整天晃个大脑壳在氢白老人面前献殷勤。

外星人世界科技发达，就不能窥探人的内心世界吗？就不能让黑鲨船长这样的阴谋家全无市场吗？这还真不能。

按照我们的宇宙逻辑，智慧文明发展到他们的程度，脑电波已经不是秘密，思维都是共享，其实不然，大脑怎么能无私开放呢！

宇宙也曾经有过这样的野蛮时代，随便把人抓了，推进实验室或绑在解码椅子上，打开脑机接口，脑电波和思想被随意捕捉破译。看似这是宇宙大同的前奏，但这最终引发了宇宙最初的核大战。

道理很简单，真正的自由是思想的奔放，宇宙也需要善意的谎言，看破不说破，日后好相见，不然一个脑电波不合，就马上会出人命的。

所以宇宙的智慧文明天择加人择，进化成每个个体的脑电波都是加密的，出生时就像指纹一样，如果强行破译，大脑就会启动自毁模式或者电波紊乱疯掉。

简单明了地说，破译别人的脑电波就是杀害生命，同时宇宙公约里也严格限制，私自研究破译脑电波是违法犯罪行为，必将受到宇宙法的严厉制裁。

当然，除非你愿意让人破解。宇宙中，也漂浮着出卖灵魂后的一具具行尸走肉，它们背叛祖宗、认贼作父、为虎作伥，最后都逃脱不掉炮灰或被饿死的命运。

就这样，氢白老人归隐，黑鲨船长黄袍加身……

第二部　外星世界

第十四章　穷途末路

为了拉拢金刚一族，黑鲨船长还将自己族里的宇宙第一大美人修罗女许与金刚大头领恒光大王。你说黑鲨船长这个大蓝虫子那么难看，女修罗却无比美丽，翩翩如蝶。

据说，最早氨基生命的男修罗们也都非常英俊，是因为贪图权势修炼剧毒神功，才变成现在这副模样。

黑鲨船长上台以后，立马原形毕露，一切唯我独尊，一切都是修罗族群优先。氢白老人执政建立的氢白法系和宇宙秩序形同虚设，外星世界礼乐崩坏、道德沦丧，宇宙开启了黑暗模式，物欲横流、狼烟四起，民不聊生了！

黑鲨船长与实力相当的金刚族群联姻结盟后，就开始远交近攻地向其他智慧生命下手了。其最擅长的就是挑拨离间，给其他外星智慧生命制造出矛盾后，又给双方递刀子，大发战争不义之财。最后在双方都弹尽粮绝、精疲力尽之时，黑鲨船长再发起莫须有罪名的战争，将它们赶尽杀绝。

发起战争的理由全靠想象和杜撰，诸如侵犯人权、破坏生态环境、怀疑有大规模杀伤性武器等。那么，为什么不去怀疑金刚的王国？嘿嘿，因为金刚们真有大规模杀伤性武器……

直到最后兵临城下，对太上皇氢白老人及其族人撕下伪装。氢白老人本来可以背水一战的，他的皇家卫队——八部天龙，可是具有卓越的战斗力和无比忠诚度的。但心慈手软的氢白老人早已看破红尘，认为一切都是宿命，弱肉强食也是宇宙发展的法则，于是全族缴械，放弃了抵抗。看来一只羊领导的一群狮子的确是打不过一只狮子领导的一群羊啊！氢白族群被团灭，只留下氢白老人和一名近侍老仆。

对氢白老人，黑鲨船长本想立马毒舌一挥以绝后患，但一转念，氢基生命是宇宙最古老的文明，如果这族群是在自己手里绝迹，可能会遭受宇宙的天谴。为了达到借刀杀人的目的，就把氢白老人交给了恒光大王，是想借脾气暴躁的金刚之手。毕竟是氢白老人，亲手废了恒光大王这个宇宙王储。

但恒光大三良心未泯，对于氢香公主之死，自己始乱终弃，内心有愧呀！于是，恒光大王非但没有遂黑鲨船长所愿，还答应了氢白老人的请求，将氢白老人流放到宇宙长城的边缘，给宇宙逝去的文明守墓。

谁知道这个看似顺水推舟之举，却留住了金刚一族最后翻盘的本钱。这可真是：做人留一线，日后好相见呀。

因为氢基生命一族，只剩下了氢白老人一人一仆，宇宙历史上也称之为"孤独善人"。

当宇宙文明只剩下金刚和修罗两大集团时，蜜月期很短暂，很快黑鲨船

长就挑起争端，开采暗物质、操控暗能量。其实黑鲨船长没有这两把刷子，它的文明等级还远远不够，黑鲨船长是故意刺激金刚族群，放出的假消息。恒光大王果然中计，率先发动闪电战，摧毁了黑鲨船长的实验室，其实就是一堆道具而已。

既然战争已经如愿发动了，为了不鱼死网破，黑鲨船长用计谋和激将法，和恒光大王约定，双方一起消除大规模杀伤性武器，并达成了冷兵器决斗公约……

在人工智能和生化科技无比发达的外星世界，完整的基因编辑和仿生器官改良的宇宙战士们，居然是依靠自身拳脚和冷兵器贴身肉搏，即使动用武器也相对常规……

后来恒光大王中计，全军陷入黑鲨船长的极冷天罗地网大阵，只有金刚大统领恒光大王带少数族人劫后余生，被迫去强渡宇宙长城逃命。实际这又中了黑鲨船长的计谋，暂时放一条生路，黑鲨船长其实是想看一看恒光大王有什么办法能突破宇宙长城。

因为穿越宇宙长城，占领银河系，最终主宰整个宇宙，才是黑鲨船长的终极理想。

但现在黑鲨船长还过不了宇宙大墙这道坎。你过不去，恒光大王同样也过不去，就当金刚们在宇宙长城边缘"天涯海角"万念俱灰、晕头转向之时，氢白老人出现了……

第十五章　救命的甲骨

后有黑鲨船长的追兵，前有宇宙长城挡路，这可如何是好？

前文我们说过宇宙长城，这长城是由宇宙边际物质组成，不但温度极低，物质很难通过，而且边缘没有入口，物质一介入就会自动转出来。这是宇宙自生的天然屏障，没有智慧生命可以逾越。

但无巧不成书，宇宙还有一个神级的学问大咖——氢白老人，他虽然治理天下不行，但确是宇宙学问第一，尤其偶然得到的这块甲骨天书，也已经被他破译。

　　乾坎艮震巽离坤兑，

　　休生伤杜景死惊开。

　　……

这是一本足以破解宇宙奥秘的奇书。

氢白老人从这块甲骨中的九宫格布局中，察觉出宇宙长城的奥秘。那个时候天空中北斗七星还没全部出现，但氢白老人还是看出了其中的奥妙，将来的北斗七星幻象，实际是高维度宇宙七星在我们宇宙的投影。这启发氢白老人接收到了宇宙更高维度的能量，从而知晓了宇宙屏障的弯曲空间因受引力潮汐的影响，会有变幻莫测的平直区域。同时，也让自己无意间具有了宇宙超能力。

这时的氢白老人，已经具有了卷土重来、报仇雪恨的机会，只是他已经没有了这份心境。只见氢白老人一袭白衣，老仆撑一叶扁舟，自云雾缭绕的虚空中翩翩而来，缓缓地停到金刚大统领恒光大王面前。败军之将不言勇，宇宙第一勇士也难免穷途末路，金刚大头领惭愧地低下高贵的金属头颅，没有了以前的傲气。

"大王，别来无恙乎？"氢白老人从扁舟下来并长声问道。

"老盟主……"金刚大头领话语有些哽咽。

"也怪我玩物丧志，非我族类，其心必异，没早识破黑鲨船长的狼子野心，直落得我全族被灭，你也几乎是被灭全族！也怪你，轻信花言巧语，为黑鲨船长补充军饷，一出手就是金库钥匙呀……"

"惭愧、惭愧，现在后悔也无用了。"恒光大王懊恼地说道。

只见老人家拿出一块上面刻着各种符号的甲骨和刻录有宇宙长城穿越图的智慧介质说道："这块甲骨上面刻的是一门叫作《奇门遁甲》的术数，来自银河系中太阳系的一颗蓝色行星，你将来要物归原主，现在你们的飞船按照这穿越图指示的方位……"老人家用手一指前面隐隐的一处说道："急时用神，缓则用门，现在是生死存亡之际，你走值符方位吧，这是此时此刻宇宙长城的开门，你们去吧！"

"老盟主，你跟我们一起走吧"！恒光大王此时是无比的真诚。

"不了，我一把年纪了，自己的家国和族群都给弄没了，有时候想想，我自己弄满脑袋学问，到底有啥用呢？但这一片生我养我的宇宙还在，故土难离呀，就此别过吧！此甲骨天书我留着也已经没有用了，如落入黑鲨船长的手里，将是整个宇宙的磨难。如果现在毁了此书，我又舍不得，也太不地道了。这样吧，你到银河系后，千万要记得，替我把甲骨归还给未来的主人。这甲骨我已经做了特殊处理，可保亿万年不被损坏，太阳系和地球的坐标系在宇宙航行图里都有，甲骨也算你给地主们的见面礼吧！"

"还有，大王你附耳过来，我再告诉你一个大秘密……"

氢白老人话罢，又把自己项下挂的象征族群至尊荣誉的金玉配饰摘下交给恒光大王。恒光大王听罢秘密，也是大吃一惊，进而对氢白老人的族群充满了敬意，看人家生于忧患的格局，再想想自己死于安乐的现状，丢人现眼呀！

"老盟主，我倒行逆施做了很多荒唐错事，可您还救我性命于危难之中，您难道就不记恨我吗？"此时恒光大王恨不得钻地缝了都。氢白老人竟然摸了摸恒光大王的头说："你其实只是个迷失自己的孩子，终有一天会找到原来的初心……""什么，您说我是个孩子？"恒光大王此时有点啼笑皆非。

"是的，这是氢香公主对我说的，她还一直跟我说，并不恨你，而且嘱咐我，有机会的话一定要帮帮你……"恒光大王听到此言，啼笑皆非的心情马上笑就没了，只剩下啼哭了。

还有啥说的，都怪自己以前太混蛋加王八蛋了。恒光大王想想自己也

曾经在宇宙行侠仗义、疾恶如仇，但都是贪财好色毁了自己，屠龙者成了恶龙，也把自己活成了丧家之犬的模样。

此时的恒光大王，宇宙第一勇士，金刚族群的大统领，曾经富甲宇宙的王储，在氢白老人面前，哭得竟像一个6米多高的孩子。

说话之间，黑鲨船长的先头部队可就到了，只见氢白老人微微一抬手，先头部队立马失去了战斗力集体躺平。恒光大王又被雷到了："什么？您现在这么能打，那为啥不找黑鲨船长报仇呀！"只见氢白老人又是微微一笑，说道："何必呢，往远了说，我们都来自宇宙大爆炸时的同一颗粒子，往近一些说，可能大王你的左手和黑鲨船长的右手，是来自同一颗恒星的原子组成，其实我们都是宇宙星尘的后代呀。"老人说罢，继续催促恒光大王带队赶紧逃命。

恒光大王此时更想让氢白老人与之一道离开了，但氢白老人坚决不从。

恒光大王无奈，只好转身与氢白老人道别，但又像想起了什么，于是又嘱咐氢白老人道："黑鲨船长的追兵马上就到了，您老可千万别告诉它们这个通过宇宙长城的秘密呀！"氢白老人听罢，苦笑一声："难道我还会苟活在这个乱世吗？"

"本来想等你离去，我就回归宇宙与逝去的族群，在另一个世界相见了。为了断你疑心，你来看！"话音未落，氢白老人竟然自绝心脉，自尽身亡了。

柔弱一生的善良老人，一个走下神坛的王者，一个落魄的老学究，真性情竟然如此刚烈！

恒光大王大惊失色，自己做了家国的罪人，又多疑害死氢白老人，一时羞愤难当。于是它点手叫过来二头领光明使者，把甲骨天书、图、老人的金玉配饰交给光明使者，并把氢白老人告知的秘密和嘱托归还甲骨一事，向其交代清楚后，就吩咐二头领带着大家赶紧进入宇宙长城，由他亲自断后。二头领不敢违抗，就带领大家驾着空间跳跃飞船开始渡城……

但当在飞船里的二头领最后回头遥望时，却看到大统领恒光大王用曾经征服过大半个宇宙的金刚杵，击碎了自己的头颅。始终陪在身边的修罗女似乎早就预料到，面色平静地喃喃自语："追随大王就永远是大王的人，你以为我还会回到修罗族群吗？我要永远和大王在一起……"话音未落，修罗女也一头碰在金刚杵上。

见此惨状，二头领光明使者和金刚们不禁失声痛哭，但跳跃飞船的零点能动力模式已经开启，硅基生命就这样在悲伤中开启了硅生新的航程……

按着氢白老人的绘图，这二头领带领仅剩的金刚族人冲进了宇宙长城的生门，果然瞬间消失在茫茫的宇宙长城之中。

即使氢白老人不死，恒光大王也已经下了从容赴死的决心，老祖宗留下的半个宇宙的家底拱手让于别人，他这个舵手本应该与自己的王国一起沉没才对。后事安排和人事安排对族人也早都有了交代，爱妃修罗女也同意重新回到自己的族群。如此黑鲨船长当然乐意，修罗女其实也是黑鲨船长的最爱，为了自己的野心才忍痛割舍，现在黑鲨船长还做着功成名就后，与修罗女泛舟于宇宙银河的美梦呢。这就让恒光大王没了牵挂，哪承想最终这对让人羡慕的神仙眷侣竟是双双殉情的结局。

就这样，金刚们通过了宇宙屏障，脱离了被追杀的苦海。

第十六章　黑暗统治

此时黑鲨船长也率众赶到，目睹了这一切，悲喜交加。

悲的是修罗女殉情而死，喜的是恒光大王一死，自己就成了宇宙唯一的霸主了！黑鲨船长仰天长笑后，抱起修罗女的尸首又不禁放声大哭。心爱的人死了，这场战争的胜利，已经全然没有了喜悦。

战争本就没有真正的赢家，所以说我们宇宙最最伟大的就是以建设宇宙命运共同为己任的人。

黑鲨船长以后也是终身未娶，全心全意地投入到称王称霸的专制工作当中……

黑鲨船长还有巨大的遗憾，没想到氢白老人如此刚烈，不但让金刚残部逃走，而且还保守了通过宇宙长城的秘密。

黑鲨船长也倒吸了一口凉气，这氢白老人在宇宙长城脚下，竟然修成了

宇宙风云

如此神功！幸亏我故意追得慢，要不日后我这大皇冠，还有没有脑袋戴都保不齐呢。

但这起码让黑鲨船长知道宇宙长城是可以突破的，赶紧追寻金刚飞船的光迹。黑鲨船长还是失算了，金刚飞船的光迹在宇宙长城面前竟然消失得是无影无踪，根本就无迹可寻！不过黑鲨船长却依旧乐观，只要让我知道，宇宙长城是可以通过的，那么我就一定有办法通过！

黑鲨船长还是厚葬了恒光大王和氢白老人，逝者为大，也是整个宇宙的准则。

氢白老人死了，他的老仆呢？他可还活着，目前还活得好着呢，什么情况？因为他是被黑鲨船长收买了的卧底。他会不会把氢白老人的秘密告诉黑鲨船长呢？当然会，这个卑鄙的卧底甚至连不知道都想说知道，何况知道的呢！如果不是他出卖氢白族群，将氢白老人的性格秉性和盘托出，并且蛊惑氢白老人让位给黑鲨船长，黑鲨船长怎么能轻而易举地灭掉了宇宙这支最早的文明呢。

但黑鲨船长还是不知道如何通过宇宙长城，也不知道氢白老人告诉恒光大王的秘密是什么。原来秘密是族群绝密，只有头人知晓；至于这个宇宙长城的秘密，是这个卧底根本学不会的未来世界玄学，学习这本天书，是需要有善心和缘分的……

黑鲨船长也没有食言，奖励这个卧底老仆黄金宫殿一座。卧底老仆心里那叫一个美，坐在黄金宫殿里，望着满目的黄金物品，感觉氢生达到了巅峰。

突然宫殿的大门缓缓地关闭了，外面传来了黑鲨船长威严的声音："从现在开始，这个宫殿任何人不准进出……""什么，我被终身软禁了吗"？
"不不不，没有那么漫长，不久的将来，你会在黄金的宫殿里活活饿死，我答应给你一座黄金的宫殿，却没答应给你食物！"外面有声音回答道。

就这样，卧底老仆守着无尽的财富，得到了一个饿死的悲催下场。看来卖主求荣与善良人玩无间道的下场，是多么地令宇宙不耻。这种人，连黑鲨船长如此顶级心黑手辣之流，都不能容忍而除之后快！

没有忠诚的能力，简直就是一文不值！

对修罗女更是国葬的最高规模，有一拍马屁的马弁高呼"喜迎修罗女魂归故里"，还喜迎，大老黑都哭晕了，这可触了黑鲨船长的霉头，口无遮拦的马弁立马被大老黑给斩立决。

草菅人命还不让人好好说话，也预示着功成名就的黑鲨船长正式开启了专制统治。他为自己铸造了一顶大号的黄金王冠，整日戴在头上，并大兴土木，打造新的宇宙黄金宫殿，连绵竟有千里万里，还自封名号"宇宙兵马大元帅"。

独断专权，劳民伤财，但广大民众一时还是敢怒不敢言。

于是民间暗地里给这位宇宙大元帅起了一个外号："大老黑"，以表示对其的不满。

第三部　蓝色星球

第十七章 氢白老人的秘密

如果没有氢白老人指点，这个宇宙长城真的是无法通过的。

第一无法进入，第二又无法出去。

但即使侥幸进入，这接近绝对 0 度的空间，连暗物质都没有，一切原子基本都停止运动，如何做星际航行？

还好，金刚们带着自己储备的所有能量，用热辐射飞船在前开路，一路跌跌撞撞终于来到银河系。在这里补充一下，硅基生命和氨基生命这两大文明，其黑科技程度已经到了三级宇宙文明，对于星际星空穿越，就像吃辣条一样简单。

其生命长度也基本达到了如意状态，它们发明了一种对抗衰老的药丸"熵减胶囊"，也被称作是"抗熵增胶囊"，每时每刻对身体进行纳米修复。只是这种胶囊也十分难得，要耗费巨大能量，如此真正做到寿命如意的人，都是非富即贵之流。

再说金刚们亡命银河系，差不多消耗了所有的能量，他们选择来到金星并打起太阳主意，也是无奈之举。由于耗费了大部分能量，金刚也只好憋屈地在金星上卧薪尝胆。能量不足，武力值肯定大打折扣，这也是它们后来转而想依靠地球碳基生命文明去报仇雪恨的根本原因吧！

终于说到了太阳系，终于开始说地球了，外星世界终于开始接地气了，好开心哦！

氢白老人最后附耳告诉金刚大王的秘密是什么呢？

因为氢白老人族群的文明是宇宙的起源，性格善良本真，但也充满了探索和创新的精神，是宇宙最早达到四级文明的智慧生命，所以很久以前，就开始了探索整个宇宙的壮举。

他们先俘获了一颗岩石类行星，经过氢白老人先祖们的改造，变成了一艘可以星际旅行的宇宙飞船，参与探索宇宙的成员，就生活在行星的内部。

在准备星际旅行探索期间，又发生了几件事情，让氢白老人族群更坚定了探索宇宙的决心。

首先就是宇宙文明之间已经很难和平相处了，冲突不断战争逐渐升级，这个宇宙智慧生命的盟主也不好当呀，如此出行实有遁世避祸再寻世外桃源之举。再者氢白族群通过观测计算发现，宇宙之初还形成了一个原始的虫洞，如果寻找到这个可以回归宇宙之初的时空隧道，就可以去增添宇宙善的能量，从而减少宇宙的杀戮和丑恶。如此的公心大爱，这一场说走就走的旅行，是谁也无法阻挡的了。

这场旅行虽然没有明确的方向，却是一路向我们的太阳系方向走来，而

那个时候的宇宙长城还是可以通过的，但也只有氢白族群能通过。不知道是由于这次通过触动了什么宇宙机关，还是宇宙的冥冥天意，再以后这宇宙长城就不允许物质通过了。

当氢白族群先人在探索团团长氢风酉长的带领下，历尽千辛万苦来到太阳系时，真的发现了在地球位置有宇宙初始虫洞。但这个时候的地球还是儿童阶段，干燥、炎热、荒凉，地表岩浆喷发不断，岩浆四溢，别说有生物，找块囫囵个的石头都难。

氢白族群的先人懵圈之余，冷静地思考起来，到底是宇宙的超级大聪明，他们悟出来自己出行宇宙的终极目的，是创造新的宇宙物种和文明！

接下来他们就开始行动了，首先要让这颗热情又荒芜的星球尽快冷却湿润，怎么办呢？

凉拌，呵呵。

氢白先人们又费尽洪荒之力，将一颗本来和太阳系没什么交集的冰彗星，捕捉到地球的卫星轨道，围绕着地球飞行。并逐渐迫近洛希极限，让原始地球的潮汐力将彗星的冰壳逐渐拉散，还有那无尽的慧尾……

这是我们地球的第一场雪加雨，比你想象的来得不知道早了多少年，也不知道这场大雪加大雨下了多少年？这水与火的交融和洗礼，为这个宇宙最伟大的文明，播种下生命的种子。

在这里，冯大白话嚷嚷着插话，要正式为彗星正名，她可不是晦气的扫把星，她是地球和地球生命的起源，当然第一推手还是氢白族群，软件硬件缺一不可。

若干年后，氢白族群的飞船继续其宇宙流浪之旅，为什么现在叫流浪了呢？因为下一步旅行已经漫无目的了。这种没有目的的流浪，不知过了多久，再也没有新的发现，他们就又回头去找那一颗当年的原始地球了。

太多年的宇宙流浪，飞船里的氢白族群有了游子思乡的感觉，甚至也都有了想回老家的冲动，可惜过不了宇宙长城这道关。直到他们再次飞临地球的上空，他们也一直惦记着他们在宇宙中的这个杰作。他们还记得最初的初心吗？宇宙的善恶在他们心中还那么重要吗？

在介绍他们看到的曾经的火球现状之前，我们还是说说氢白先祖们这些年是怎么过的吧。看我这些年这些年的，说得是轻描淡写，那可是以亿年打底计算的呀。

他们主要是靠吃熵减胶囊、休眠、克隆和繁衍来维持生命的延续，由于胶囊太稀缺，真正能保持我们地球人眼中的长生不老状态，也只是氢风酋长和少数几个头领而已。

第十八章　月亮飞船

　　我们的地球就要在宇宙大舞台，以焕然一新的面貌登场了！

　　展现在氢白族群后裔眼前的，是一个生机勃勃的星球，比他们在远方观察时还要美丽，蓝得让人心醉，绿得让人发狂！这一下就俘获了他们的芳心，投资成功啦！他们激动得无以言表，家也不思了，亲也不想了，就在这儿安营扎寨了。

　　因为太阳的直径是飞船直径的 395 倍，飞船停泊的地点距离地球的距离，就选择在地球距离太阳的 1/395 处。神奇的位置让飞船能完整地遮住太阳形成日全食，而且月亮飞船与地球同步自转，在地球上永远也看不到飞船的背面，这样就方便月亮人停靠和出入子飞船。

　　后来的地球人，给这艘飞船起了个响亮的名字叫"月亮"。

　　月亮飞船甘愿做了地球的卫星兼保护神，为地球上的生命阻挡流星的撞击。月亮飞船不惜多次变轨甚至是上蹿下跳，乃至伤痕累累，再加上思乡之情，天上的光辉，也不能掩饰内心的忧伤……

有诗云：

谁能借给月亮一件外衣

不用是贴身流行的款式

可以是那件

祖父在黄土高坡牧羊时的皮袄

谁能借给月亮一件外衣

不用是豪华笔挺的礼服

可以是那件

父辈在田间劳作时的汗衫

谁能借给月亮一件外衣

不用是体面职业的官服袍

可以是那件

你在幽会情人时舍弃的旧装

谁能借给月亮一件外衣

为了更新亘古冰冷的色调

为了夜行的方向和睡眠

不仅是寒来暑往

不仅是那一座座环形的伤疤

还没有一种伤痛

能痛得如此凄婉圆满

还没有一种伤痛能痛得如此笑容灿烂

只要还活在太阳和地球的小路

就不泯灭发光追随的梦想

英雄侠义的盔甲沉淀在历史的沙土

仁爱道德的袈裟襟坐在主席台前

随风的杨絮啊

你是不是忘记了月下的老树

天上的白云啊

你是不是也忘了夏季天空的清凉

山川、河流、森林、庄稼……

你们怎么能忘记啊

你们少年的甜梦

月光旁边那抹绯红

还有谁赤裸着圣洁的躯体

像一座冰清玉洁的雪山

月亮继续用伤残的手指

编织着金线的嫁衣

其实怜悯只是一种心情

在茶余饭后的闲谈里燃烧

……

月亮飞船的到来，也减缓了地球自转的速度，地球也有了分明的四季，拉开了未来地球人美好慢生活的序幕。

第十九章　恐龙宿命

一直向着仙女座星云，向着银河系，向着猎户星座边缘，通过宇宙屏障的金刚们，继续遵从氢白老人的航图指引，向着太阳系匆匆飞来。

当他们第一眼看到这个蓝色的星球时，无不为这个星球的盎然生机而震撼，也对碳基生命充满了好奇！他们将自己在金星上安顿下来之后，就迫不及待地踏上了去地球观光之旅……

此时的地球是白垩纪时代，当金刚们看到恐龙时满腹狐疑，这些傻大个兼丑八怪，怎么看也不像是能写出宇宙天书的先生。

原来是来早了，等吧，等恐龙进化成恐龙智人。

但天有不测风云，龙有旦夕祸福。

也是自作孽，当金刚们笨拙地在地球上行走时（还没太适应地球环境），有一只霸王龙起幺蛾子，竟然把一位掉队的金刚当了点心。当霸王龙吞下头

颅后，发现入口挺软，嚼起来像岩石一样索然无味，还崩掉了两颗牙齿。有些懊恼地在原地正发呆时，被回来寻找同伴的金刚，立马用死光枪斩立决泄愤。但恐龙还是幸运地保留了全尸，因为金刚们的口味与我们地球人完全不一样，恐龙肉对他们来说，就如同我们嚼蜡。

也是宿命，神通如此广大的金刚，怎么能命丧低级智慧生命之手，冯大白话虽未插话，但也一直心存疑问。后来冯大白话在佛教故事中得到启示，天下神通第一的目犍连，不也是因为自身业力作祟，命丧外道之手嘛，连法力无边无际的佛祖也救不得！

原来是这样，那你说金刚们有什么业力？曾经在外星世界做下的恶，下文自有交代。

本来就不待见恐龙们的长相和吃相，又见到恐龙们如此的血腥，金刚们对未来的恐龙文明竟然动了扼杀的心机。

恰巧一颗失速的流浪行星闯进了太阳系，这颗直径超过2万公里的流浪行星竟然向地球方向一路杀来。这个灭顶之灾当然没逃过金刚的火眼金睛，如此飞来的横祸，如果砸在地球上，地球必将解体，恐龙文明也将彻底烟消云散……

本来大部分金刚不想插手此事，因为根据以往的宇宙法则，这也不应该有高级生命掺和，也合了金刚们要灭掉恐龙的心愿，而且金刚们几乎没有了能量储备了，地主家也没余粮啊！

但光明使者却力排众议，要救，不然就辜负了大统领恒光大王和氢白老人的重托，天书的主人还没出世，地球可不能夭折呀！

这帮钢铁汉子果然义气。

于是金刚们拼了家底聚集能量，来阻止流浪行星进入地球轨道。但由于两个原因，这个灾难在某种程度上还是降临地球。

金刚们也知道这是宇宙的自然规律，如果此次完全人为保全，以后还会有类似事件。所以也只能是大事化小，行星失速撞击事件还是要发生的。再说金刚们的能量还要有所保留，以备不时之需，所以这颗行星的变轨工作完成得并不完美。

在6500万年前这位不速之客，先是把天王星掀翻躺倒在轨道上，接着又与金星擦肩而过。这看似漫不经心的一擦，彻底改变了金星的自转方向，从此金星成为太阳系中的另类。从文学浪漫角度看，金星应该叫擦肩回眸星，也不知道这是多少世的回眸，才换来了两颗星星的擦肩而过。

流浪行星最终一头，与距离太阳2.8个天文单位的一颗名为卓尔金星的行星，撞了一个满怀，这是多少世的情缘，不远亿万里，只为这一次粉身碎骨的拥抱。

这次行星间的碰撞殉情，是奔着地球来的，还好让卓尔金星截和了，其实是金刚们乱点的鸳鸯谱。可怜的太阳系一下子笼罩在炮火连天之中，卓尔金星和流浪行星在巨大的撞击能量和潮汐力撕扯下，解体为太阳系现在最大的小行星带。

其中一块直径达十公里的行星撞击残片，还是冲向了地球，与大气层亲密接触后，击中了中美洲海域，在海底留下了一个直径300公里的大坑，至今还在提醒人们撞击灾难的惨烈……

白垩纪的某年某月的某一天，恐龙们还在地球乐园中无忧无虑地尽情大吃大喝，突然天空中出现了一道刺眼的火光，一颗直径10公里的巨大陨石从

天而降。

那是一块流浪行星的残片，它以每秒40公里的速度一头撞进大海，在海底撞出一个巨大的深坑。海水被迅速气化，蒸气向高空喷射达数万米，随即掀起的海啸高达5公里，并以极快的速度扩散。冲天大水横扫着陆地上的一切，汹涌的巨浪席卷地球表面后，会合于撞击点的背面一端，在那里巨大的海水力量引发了德干高原强烈的火山喷发，同时使地球板块的运动方向发生了改变。

这是一场多么可怕的灾难啊。陨石撞击地球产生了铺天盖地的灰尘，极地冰雪融化，植物毁灭了，火山灰充满天空。一时间暗无天日，气温骤降，大雨滂沱，山洪暴发，泥石流将恐龙卷走并埋葬起来。

在以后的数月乃至数年里，天空依然尘烟翻滚、乌云密布，地球因终年不见阳光而进入低温中，恐龙纷纷死去，苍茫大地一时间沉寂无声。

地球生物史上的恐龙时代就这样结束了。

第二十章　智人新生

当然如果没有金刚们出手相救，地球现在就是以碎片和尘埃的形式漂浮在太阳系的小行星带中了，人类的存在就更无从说起了。这一切都得益于那本甲骨奇书，不仅仅是千古周易冠群经，而且是周易千古救地球呀。

同时我们应该知道，任何一种生物都要经历产生、繁荣、灭亡的过程。这是宇宙的规律，并不会因为哪一物种庞大强盛而改变。恐龙灭绝了，随后出现了一个崭新的时代，更多的更高级的生物形式把这个蓝色的星球装点得更加美。其中最杰出的代表就是，饱经风霜雪雨的第四季冰川历练，由灵长目精灵进化而来的智人……

金刚们一直信守对氢白老人的承诺，耐心地在不远处关注着地球的进化，只等到智慧生命出现之后，将甲骨天书交还，就开始对太阳下手了，然后再去豪取银河系的能量。

是复仇的信念和诺言让它们活着……

看到这里，是不是许多读者又发蒙了？月亮里的智慧生命呢？你们可是地球的造物主啊！真把自己当神仙了，咋不管人间的事呢？尤其是关乎地球生死存亡的大事呀！

对于月亮里的智慧生命的秘密，金刚们也是知道的，这就是氢白老人当初告诉恒光大王的秘密，金刚就是奔他们来的嘛！但虽有氢白老人的信物，月亮人（以后就这么称呼了）还是不待见金刚们。对于风尘仆仆的金刚们，连顿饭都没管，只是留下了一句话："你们在太阳系好自为之吧！"就下了逐客令！

这是怎么回事呢？原来，月亮人知道金刚们生性好斗，是想杀杀他们的威风，灭灭他们的锐气，以免他们以后在太阳系惹是生非。

没打一顿杀威棒你就偷着乐吧。

对于地球这次灭顶之灾，月亮人肯定是要救的，地球是由其亲手

缔造自不必说，地球丰富的物产也是月亮人的补给站。现代人时常会发现丢东西，甚至连化肥都丢，你懂了吧，但咱们也别抱怨，就当是赡养父母了，不是吗？亲。

所以说当金刚们向月亮人示警地球有难时，月亮人早就开始忙碌了。只是月亮人更有城府，他们假意不管地球，暗暗去观察金刚的动静。金刚们沉不住气动手，其实正中了月亮人的下怀，一石二鸟，既救了地球，又耗费了金刚们的能量。

而且最后恐龙的灭绝，也是月亮人希望的结果，因为这些伶牙俐齿的庞然大物，太影响智慧生命的出现了。在白垩纪，恐龙是地球上绝对的王者，

都强过今天人类的统治力。

恐龙生活在食物富足的时代，而且恐龙的体型和武力值都让它们毫无悬念地站在地球食物链的最顶端。恐龙的生活别提多舒坦了，它们没有任何忧患，生活非常稳定。

即使在基因突变的过程，确实有可能突变出某种智慧基因，但这种智慧并不会比现在更有优势。因为智慧也是一把双刃剑，智慧基因也会因消耗过多的能量而被淘汰。这个劣币驱逐良币的现象，注定了恐龙不会进化成恐龙人，也就注定了要退出宇宙舞台的宿命。

恐龙的灭绝，是因为阻挡了地球进化的历史车轮，说白了是只知道贪图享乐，不知道学习创新，把自己蠢到灭族销户的。

正好借流星的天谴之手，屠龙而后快。看看，这两大文明的借刀杀龙之计，多高明！本来还可以在地球上做吃瓜群众，结果是说没就没了呢。

再说外星世界，黑鲨船长没有氢白老人的天书捷径可循，只能经过无数次试错，最后发现二氧化碳这种物质可以溶解宇宙长城。二氧化碳在氨基生命的世界是以干冰形式存在的，于是大老黑举全民之力，历经几千万年用二氧化碳竟然去除了这道宇宙屏障，弯曲的空间也被强行拉直。

打通了星际航线，也毁掉了宇宙中的一道风景，可恨黑鲨船长和二氧化碳。

此时地球已是公元 21 世纪的花花世界了。

第二十一章　金刚的回忆

虽然金刚们在金星上安顿下来，又有宇宙长城的屏障，可以暂时松口气了。但在银河系偏安一隅，连隐者或愚公也算不上，还是惶惶不可终日呀。苟且偷生自然失去了称霸银河系的雄心，金刚们唏嘘之余，时不时地回忆起曾经的往事。

辉煌时期的金刚们，体格好、科技新、多金尚武，简直就是宇宙中标准的高富帅，素有战斗民族的美誉！

春风得意之时，善饮贪色是可以通吃宇宙的。它们饮的可不是什么琼浆甘露，其烈酒是类似航空煤油或者火箭燃料的液体，好重的口味！金刚们财大气粗满宇宙地寻花问柳，纸醉金迷……

说到这里，大家一定有个疑问，这不同形式的生命体，怎么就能产生爱情和欲望的？

是这样的。

早期的智慧生命，经过数以十亿年的漫长进化，智慧和本领已经有通天彻地之功，可以调节开启不同的环境适应新陈代谢模式，在适应环境和改造环境上，个体只还保留基本物种喜好和饮食需求外，基本上都是可以水陆空全栖的。

生命个体都很强大，在不穿宇宙服的情况下，基本可以往来于各种环境之下，也许是把宇航服的功能植入生命基因了吧，通俗说就是身体器官是全天候的。就拿金刚来说，本来喜欢炎热环境，但在极寒环境也能自如行动。再说黑鲨船长，是在低温环境崛起的生命，但在高温里亦是行走自如。

就像我们人类可以游泳、潜水，还能翼装飞行，当然再长时间还是需要回到自己的母星环境才接地气。

在氢白老人主政的后期，宇宙的智慧生命贪图享受攀富比富之风愈演愈烈！宇宙智慧生命虽然个个神通广大，但依然是气脉之躯，是人不是神。其欲望的宣泄还是要有对象和行动的，因为不同形式的生命肯定有生殖隔离，所以大老婆肯定是其族类，小二小三小四方是异类偏妃。

他们的情感快乐，可以摆脱肉体的桎梏，以纯纯能量形式存在，以拥抱、对视或执手来传递能量或互补能量，达到感情交流的极品愉悦方式……

金刚们为赢得更多宇宙美色的芳心，不惜哄抬彩礼价码，起初送黄金数以亿万计，后来干脆送整颗的星球……

"你看看，你看看人家的小目标，再看看咱们这每天仨瓜俩枣的……"冯大白话佩服得无可无不可地插话道。

金刚大户会选一颗适合居住的行星，以赤道为界，分别打造两个生态系

统，一个是适合金刚居住的，一个是适合新娘的，然后打造黄金宫殿，这是最早的金屋藏娇的由来吧。

如此宇宙智慧生命都以金刚大佬们的生活方式为偶像，纷纷模仿，多有宇宙其他文明的大佬和纨绔子弟，透支败家、追逐虚荣，向金刚们借下了大量的高利贷，甚至是套路贷，最后走向破败和毁灭……

原来他们是中了金刚的诡计，硬气的金刚有时候也会软刀子杀人。金刚族群挑起泡妞和奢靡生活竞赛，然后通过酒肆、赌场、烟馆、典当、青楼、放贷、收保护费等黑社会玩意和手段，割韭菜、薅羊毛，攫取宇宙财富，这是金刚们最早的原始积累，充满血腥。

当然，后来的金刚是放下屠刀立地成佛了，那么金刚为什么放下屠刀就能成佛了？是因为浪子回头金不换吗？

不，是因为他手里原来真有刀！

最让金刚们回忆的，就是宇宙客栈。

宇宙客栈建在氢白老人领地边缘，最初的功能是智慧生命，等待朝见盟主的居所，逐渐变成了宇宙的七星级游乐场所。

宇宙客栈的老板娘就是氢白老人最疼爱的孙女氢香公主，是的，就是后来为金刚大头领恒光大王相思抑郁而香消玉殒的香香，主要原因是恒光大王又移情别恋修罗女。

宇宙客栈奢华程度无法用语言和文字表达，可惜后来毁于黑鲨船长的战火之中，有点项羽烧了阿房宫的味道。主要是黑鲨船长虽然喜欢这种纸醉金迷的生活，但却不许别人享受。

美人逝去香巢毁，

叫汝怎能不泪垂?

若恒光大王在其他平行宇宙还活着,这也许就是其心情的真实写照吧。

本来宇宙中有关于疆界的公约,公约最早规定,智慧文明只拥有自己的星系,星系之外属于公共宇宙空间,不属于任何智慧文明,由宇宙联合国管辖。可以有采矿、生产等行为,但其收益的一半应该上交联合国,而且不能有产权要求。

后来宇宙盟主氢白老人式微,像金刚这样的超级大国,早就开始在宇宙跑马占荒,强行划出势力范围。并到处设立租界移民,开矿搞房地产,垄断黄金交易和宇宙货币发行权以及结算等。甚至暗暗地准备开启宇宙称霸计划,准备为自己打造黄金帝国而去奴役其他的宇宙智慧生命。

同属宇宙早期文明的锂基智慧生命,就是不堪金刚们的欺辱,竟然全族和母星一起自焚了。

如果不是大老黑痛下杀手,将其他智慧生命赶尽杀绝,金刚们就实现了自己是宇宙最大奴隶主的梦想了。后来的金刚们也暗暗庆幸,庆幸自己没能继续实现自己罪大恶极的梦想,为自己以后的忏悔免去了相当多的惭愧。

第二十二章　鲲鹏宝藏

地球碳基生命体，由月亮人起源，从原始海洋某个巧合的适合温度中诞生，历经最原始的 DNA 到单细胞生命，再从厌氧性到喜氧性生命，从植物到动物，从海洋到大陆，经过寒武纪生命大爆发，历经五次大灭绝，无数次中小型灭绝，最终诞生出人类文明。

当急不可待的金刚们要归还其甲骨天书的时候，地球智人已进化到父系氏族公社时期，但金刚们却又回归了母系氏族公社模式，为什么呢？

因为金刚们溃败到太阳系后，报仇无望、复出无期，于是男金刚们慢慢地颓废了，光明使者甚至得了焦虑症。男金刚们整日里无所事事，除了喝大酒就是打牌。没办法，女金刚们只好挑起生活的大梁，那可是帮真正的女汉子！

经过女金刚们的观察，在地球的鲲鹏山脉到中原大地黄河流域之东，生活的一群智人，虽然祖先也是来自非洲，但他们更智慧、善良，他们就是这甲骨的主人，金刚也对他们有了莫名其妙的好感。鲲鹏山四周生长着郁郁葱葱的野葱，所以曰称之为葱岭，吃大葱的民族不是吃素的，也生猛着呢！哪一片土地的开拓与和平，不是靠威武的铁拳维护下来的？

这个民族从采摘、狩猎到农耕，体质虽有退化，但智力却是进步的。因为有充足的食物，就可以放心大胆地增加脑容量，又多了农闲时间，就有更多时间思考。而且农业靠天吃饭，自然就会仰望星空。

此时此刻在这片大地上，却正是战事吃紧，那时恰逢黄帝与蚩尤大战。丢了兵书的黄帝部族节节败退呀，于是金刚们赶紧进入归还甲骨模式。为了不让五大三粗的金刚形象吓坏了地球人，他们派出了相对身材婀娜的女金刚。金刚们在原始人类眼中，即使在现在的人类的意识里，也是神。所以当他们看到从天而降，又能像鸟一样翩翩飞走的金刚，口口相传，就有了九天玄女送天书的故事。

但此次归还甲骨天书，金刚也发现地球两个宇宙级的大秘密：

鲲鹏山死亡谷里有链接婴儿宇宙的原生虫洞，可以通往原始黑洞中心或宇宙任何时空。

还发现鲲鹏山玄武岩里藏有宇宙最高贵的金属元素，实为混沌爆发时巨斧能量所化。

这要是再结合地球智人的潜在超能力，沉睡的大脑和冥想的力量，如此强大的帮兵，收拾这个人见人恨的黑鲨船长，还不是拿捏得死死地。

封固在智人脑中的神秘力量，是可以主宰统治宇宙的动力，也是可以对抗打败黑鲨船长的新鲜血液。于是金刚们彻底改变了战略，男金刚们也因为又有了新的目标和理想，从抑郁和焦虑的情绪中重新振作起来。

从此，地球人和太阳系在金刚避难事件中，才真正地安全了，智人还懵懵懂懂，金刚们已经和地球人统一战线了。

所以说这本甲骨天书两救地球人。

第二十三章　常仪飞天

　　常仪是黄帝身边的女官，与黄帝大臣兼侍卫长常先是同族同宗，是常胜的上古先人。她天赋异禀，眼力极佳，喜欢仰望天空，看月亮不舍昼夜。白天，对的，不只是仰望夜空，她白天也能看到月亮。月亮嘛，白天当然也在天空，即使是没有月亮的夜空，也只是被挡住了光芒，其实你看与不看，它都在那里！目力超常人，常仪应该是地球人类第一位研究和仰望星空的人，起码是第一位研究月亮的人，还是一位大美女。

　　当时她发明了一个名词叫"占月"，她能在月亮色彩的变化和地月距离的微妙变化中，发现人间的事务变化规律和爱恨情仇的原因，这也是她创作甲骨天书的缘起。甚至她认为人死之后，月亮和星星都是很好的归宿。

　　月亮啊，你来自何方？你又将会去哪里？常仪沉迷在对月亮的好奇中不能自拔。

这等人才，月亮人肯定注意到了，而且由于其年复一年日复一日地观察月亮，月亮人的秘密也被常仪发现了。

她想和月亮人交朋友，那是她心目中的神仙，她想去月球上居住，她也想羽化成仙，这也是一个民族与生俱来的梦想。

无巧不成书，常仪有一次碰巧救助了一只受伤被困的小龙，至此与月亮人结下善缘。常仪通过了月亮人善心的考验，也让龙成为一个民族的图腾，成为一个伟大国度的灵魂高地！

常仪也便发现了更多月亮人的秘密。也是缘分吧，她居然和月亮人成为好朋友。因为她天生对月亮和月亮人的喜爱，竟然融入月亮人族群。看来不是月亮人难以接近，是叶公太多了。

本书后文常胜还在月亮里见到远在天边的自己的祖先。近在地球咫尺的妈妈见不到，远在天涯的先人却能得见，这世界也太玄妙了。

选择和地球人交往合作，月亮人是有一点纳粹的，当然会选择他们中意的人，他们衡量地球人好坏的标准是什么呢？当然是善良。

后来常仪终于如愿以偿，还吃了月亮人的长生不老胶囊，跟随月亮人去了月亮上，这是月亮人第一次，也是唯一一次带地球人定居月亮里生活……

后来我们地球人把这一段故事编成神话传说《嫦娥奔月》。

第二十四章　我生高贵

我们碳基生命能在这个蓝色星球上繁衍生息、日新月异地发展到今天，历经多少不可思议的奇迹呀？（此处省略无数问号）

其实金刚发现的地球上的宇宙级秘密，月亮人早就知道，只是现在月亮人的个人修行已到登峰造极的境界，心中已经没有了善恶的分别，一切都顺其自然啦，也没有了改造宇宙的最初想法。

但金刚的出现也打乱了月亮人的平静生活，也了解到了自己的故乡发生的惨案，自己族群都被团灭了，复仇的火焰瞬间熊熊燃起，同时也有解救宇宙苍生脱离黑鲨船长苦海的善念升腾。

而且金刚和月亮人也深知，黑鲨船长早晚是要追来的。而且黑鲨船长来到之日，地球肯定变成悲惨世界！自己和金刚们能不能自保也不一定啊。

怎么办？

军备竞赛？太阳系的资源也不够啊！

因地制宜开发地球的三大优良资产吧，上文我们已经说了，地球人被尘封的智慧、高贵的金属和通往宇宙之初的虫洞。

帮助地球人尽快开发智慧，如不人为介入，亿万年之后，地球人也会自我进化达到，最后达到与宇宙合二为一的巅峰时刻。但月亮人和金刚们急呀，黑鲨船长之剑正高悬呢！

必须抓紧时间，甩开膀子加油干吧。

马上联合提炼鲲鹏山死亡谷的高贵的金属，一起为未来的地球人制造宇宙战舰，工欲善其事，必先利其器嘛。

还有开启鲲鹏山的婴儿宇宙虫洞，与宇宙之初和原始黑洞中心建立通道，那是宇宙真正的桃源或是藏宝的龙宫，芝麻芝麻，你快开门吧。

其实这个虫洞是宇宙的命门，阿喀琉斯之踵，就好比是白鲸的呼吸窗口。宇宙有多强大，就有多脆弱，黑鲨船长就像北极熊一样，一直虎视眈眈呢。

后两项工作，两大文明联手做得很有章法，其中宇宙战舰——强子如意飞船制造工作进展得尤为顺利，看来战斗是宇宙的基本基因呀。

虫洞开启工作进展遇阻，一是入口位置不确定，二是找到入口也不得进入。

最艰巨的还是第一项工作开启地球人智慧，方式方法两大文明争了很久也不能达成一致，这项关乎宇宙命运的工作，也的确太艰巨了。地球人的大脑就像宇宙，绝大部分是不可知的，就像暗能量和暗物质，虽然有巨大作用，但不能开发实际应用。

这就是我们常说的意念力吧！人意念力和暗能量一样，拥有宇宙最强大的潜能，是宇宙能量在不同的大脑中投放出来的影像和感知。

因为宇宙天道的进化，最终结果显而易见，碳基生命一定是最后的王者笑傲宇宙。地球人心怀宇宙又追求自身修养和生存规范，这不但是永生的法宝，碳基生命还以微生物的形态进军并填补着整个宇宙的空白。这个生命物种很可怕，每天都坚持学习、不断进步。只要假以时日不断尝试新的路径，必将会蓬勃地发展乃至成为宇宙的新霸主。

有机生命之外，没有复杂的分子团甚至大分子，生命往往会被物质劫持，但有机生命反过来又能把物质复杂化。经过某种离奇的术数，如果任生命随意飘摇，生命最终会浸透所有物质，强核力最终发力，宇宙将是生命的宇宙。

而碳基生命最终会凌驾一切，天空都会变成绿色，甚至是银河系，乃至整个宇宙！绿吧，只要不是头顶草原就行！呵呵。

无论我们未来走得有多远，总会有新鲜事物发生，有信息介入，有新世界开发，有可供不断拓展的生命意识、知觉和记忆的疆域。

最终生命的发展会到了我们不敢想象的程度，只要你还有想象、心智浸透及意识控制物质的倾向，最终是宇宙定律。生命在于宇宙起源，最后浸透在宇宙当中。生命不会被任何灾难永久阻挡，如果我们这个物种不走在前头，别的物种就会带头，或已经走在前面。只要耐心等待，或迟或早，碳基生命终将践行宇宙的传承和永恒。

当地球碳基生命了解领会宇宙，并控制宇宙之后，还会和宇宙和平相处吗？

第三部　蓝色星球

考虑不了那么多了，也许地球人的未来就是宇宙的未来吧，如果地球人没有未来，那么月亮人和金刚们也会被宇宙的丛林法则消灭。

所以说，你必须要有价值，才能成为别人手心的宝。

开发地球人智慧这项艰巨任务，合作不了只好单干。金刚和月亮人虽然各自单干这项工作，但却约定了最终交付成果的时间，其实也是双方比试胜负的时间，有点儿像我们的武侠小说，武林高手各自教一个徒弟，然后比武一决高下！

几千年来，他们进行了无数次实验，也是实验了无数的地球人，但都没有真正成功！

其实，激活人类大脑智慧是有可能的，难就难在激发之后，人就会疯掉，因为人本身能量不够，不足以支撑如此智慧的大脑运行，就好比是电脑死机一样，所以此项工作进展一直不顺利。

开发了智慧的地球人基本有三个类型：疯子、傻子居多，还有隐士。也就是说，真正开了智慧拥有超能力的人，其选择竟然是归隐而不愿再入红尘。对整个宇宙都是漠不关心，也许是他们早知一切都是定论，一切都早有天意安排……他们智慧一开，马上就脚不沾地地遁入深山，再也不下山了。真是脚离地半寸，有了超能力的人，慈悲心深厚，唯恐伤害了生灵。

我们太难了，月亮人和金刚一起感叹道。

但月亮人和金刚还是约定了交付觉醒地球人成果的时间，是在地球村公元 21 世纪的某一天。

但这其间地球发生了一件大事——大洪水事件。

第二十五章　洪水天降

公元前很多年，地球突然发生全球性大洪水。

大老黑一直在鼓捣突破宇宙长城，并取得了实验效果，于是他迫不及待地派出了自己最引以为豪的蓝虫子特种部队，突袭太阳系。他们受黑鲨船长指令，追杀金刚并要消灭地球文明，以免日后给他的霸占宇宙计划添乱。月亮人和金刚当然不答应了，地球人现在可是他们的心肝宝贝，谁都不能动！

大老黑的先头特种部队先被金刚们在金星正面阻击，后被月亮人在暗处包了饺子全军覆没。但月亮人也付出了沉重的代价，月亮飞船的船体严重受损偏离轨道，尤其是其外壳，一部分区域被大老黑特种部队的热武器熔成了玻璃状，还有部分被打穿了需要大修。金刚经过这次战役和月亮的关系更是牢不可破了，帮助维修月亮飞船自然责无旁贷。

必须马上维修，为什么？

月亮漏水了，大雨自月亮上如瀑而下，原来月亮里面是浩瀚的海洋，那传说的龙宫不也在月亮里呀！原来月亮人为了在阻击战中更好地保护地球，大幅下降了轨道高度，当海水涌到月球表面时，受到地球的引力，大雨自天而降，地球上第一波大洪水来了……

怎么维修？

在地球上就地取材呗，冶炼纯铁和钛等来焊接填补，尤其需要钛元素。地球上本来有很多钛，现在钛却成了稀有金属，原因你知道了吧。你也别和月亮人计较，因为地球都是人家一手创造的。你老子吃你几个烂西瓜，你还要钱呐！呵呵。

于是月亮就来到了离地球很近的地方，有多近？甚至低于洛希极限，月亮不会被潮汐力撕碎吗？

当然不会，因为月亮的刚性材质虽然能被大老黑的特种兵部队打坏，但抵抗地球的潮汐力还是没问题的。再加上月亮人巧妙地利用了月球的磁性，制造斥力来对抗引力，月亮稳稳当当地停靠在地球的近地轨道。

这个停靠位置位于鲲鹏山上空，再说其他地方基本是洪水滔滔，也不利于施工作业。月球抵近地球，其巨大的潮汐力又在地球上掀起超级海啸，这两波大洪水让地球的大部分先进文明毁于一旦，留下来的基本是高原和高山上的土著。其实只要我们细心地寻找，还会在鲲鹏山等地发现古老的矿场和冶炼基地。

这次降临地球意义深远，引发了地球的大洪水不说，也让月亮人清晰地看到地球乃至宇宙第一秘密。这也是最早他们出来探索宇宙的目的，在月亮巨大的引力对空间的撕裂中，月亮人发现了宇宙唯一的一个可以通向原始黑洞中心和宇宙之初的具体虫洞入口，就是在鲲鹏山的死亡谷腹地。

地球人懵懵依稀地看到了神仙们在天上掐架，一颗颗星星（飞船）被击中滑落太空，也有坠落地球引发大火赤地千里。后又看到了一堆星星（飞船）围着月亮出出进进，火花四溅，后来就有了后羿射日等等传说。

用时40多天月亮就维修好了，又回到自己的轨道，在洪水中幸存的地球人也长出一口气，洪水也就快速消退了，有一部分洪水还被月亮人净化后回收了。月亮也比以前更明亮了，是距离产生美了吗？不，月亮的确比以前更亮了，因为修补材料采用的是金刚们的独门工艺——不生锈的纯铁和钛合金，反射太阳光效果老好了。月亮飞船的这个区域，我们地球人现在称之为月海。

金刚和月亮人虽然击溃蓝虫子特种部队，挽救地球毁于战火，但地球局部也被热核武器攻击，有的整座城邦瞬间消失了，还给地球人带了灭顶之灾——大洪水，其始作俑者都是大老黑。这段时间地球人都处于洪涝灾害之中，他们日夜与洪水搏斗……

其实大老黑派特种部队先遣来袭，金刚和月亮人对地球人早有警示，只是采用不同的方式吧，也预判到了地球的洪水，所以才会有那个时代的杰出人才侥幸生存下来。黄帝和女娲兄妹就提前准备了一只硕大的葫芦，也有治水英雄后来成就帝王大业的，还有先知圣人造出了一艘大船，拯救众多生灵的……

有诗曰：

远古雕琢传奇的岩面

甲骨废墟蔚然壮观

泥娃娃在高原上升起篝火

陶瓷罐子里洪水滔天

女皇浓缩斑斓的彩石

匹配飞龙在天的梦想

东方的图腾祈祷天地

赐福播种畋猎的家园

围山逐水居住大部落的臣子

剧烈动荡演义木炭里的黄金

彩石集合卓越的生命

绝唱诞生时圣火熊熊

昆仑厚德装载坚实的唯美

蛰伏收藏只为开启时的窖香

追溯绿色的谷物和

黝黑的汗水

倾听百鸟朝拜的声响

珍珠穿越封锁和苦涩

戴在王冠上才不会被

太阳夺走海底孕育的光芒

月亮是最成熟的季节

月光是月亮的羽毛……

第二十六章　黑暗来临

几千万年大老黑残暴专制，终被忍无可忍的人民掀下宝座，其狼狈地向银河系逃来。黑鲨船长只带了少许亲信，却不忘携带大量的黄金。大老黑相信黄金在宇宙中，其价值是永恒的，可以作为自己在任何地方生存的本钱，货币天然是黄金嘛。

黑鲨船长还没入银河系，月亮人和金刚就知道了，外星世界也有线人呢。但他们却不敢贸然拦截和进攻，因为他们知道大老黑虽然是流亡出来的，但武功可是没废呀。

而月亮人和金刚由于长期蛰伏在太阳系，智慧和能量都在缩水，其文明已然在退步，即使勉强保持现状，就是退步呗！要不然月亮人也不会被打到家园漏水的尴尬地步。在宇宙这个大环境下，没有能量支持，一切都是纸上谈兵。

　　当然，大老黑也不敢贸然地进攻月亮人和金刚，毕竟现在此一时彼一时，也不是在树强敌的时候了。都不敢打，就只好坐下来谈了。大老黑、金刚、月亮人坐下来谈判的结果是，允许大老黑在太阳系落脚，居住的星球是火星。

　　由金刚和月亮人帮助大老黑建立这个临时的流亡政府，大老黑自觉是虎落平阳，但也没忘了威胁他们二位，我现在也许没有能力消灭你们，但我还是有能力消灭地球人的……

　　大老黑知道地球人在他们心中的位置，"你们不愿意看到，这支地球生命还没真正成人就夭折了吧？"黑鲨船长恶狠狠地说。

　　此时的月亮人和金刚有软肋被拿捏，虽不情愿，也只好让黑鲨船长牵着鼻子走了，赶紧为其送上补给，并派人协助在火星内部临建施工……

第二十七章　家族重任

被地球人称之为鲲鹏山地狱之门的死亡之谷，位于大汉国境内，明明是7月酷暑，死亡谷附近也会却突然下起罕见的暴风雪，或者突然就是沙尘暴天气，一连数日，很多动植物也都离奇死亡。大汉国对此展开调查，一些研究者认为，这或许是因为鲲鹏山"死亡谷"中磁场异常导致的，也有观点认为，可能是发生了滚地雷导致的……不过，每一种解释都貌似有道理，却又不能完全解开谜团。

因为事实真相是月亮人和金刚们，在这里探寻宇宙虫洞的奥秘呢，这里还是开采强子元素制造宇宙战舰的秘密基地。并且战舰打造好之后，也存放在死亡谷的智能山洞里，地球人在山谷里看到的所谓螳螂人，其实是月亮人和金刚的机器人而已。

这里充满了宇宙级别的秘密，对地球人当然是要清场了。宇宙有秘密，

外星人有秘密，家族也有秘密，家族的秘密也是重托，是时候了，该把秘密告诉常胜了。

常胜被爷爷紧急召唤回小山村，只见爷爷紧闭门窗、拉上窗帘后，从常胜的卧室里拿出常胜的枕头，从枕头芯里面的荞麦皮中掏出一个油布包，小心翼翼地打开。是的，甲骨天书展现在爷孙面前。望着一脸疑惑的孙子，常太把关于天书的一切都告诉了常胜，同时也将家族使命正式传承给了他……

在这里，冯大白话就想问问常胜，睡觉的时候硌不硌脑袋呀，这是脑袋还没挨上枕头就着呀。看来睡大觉是一项技术工种啊，还也蛮有前途的，冯大白话在被窝里美滋滋地琢磨着……

甲骨天书至此就传给了常胜，这是不是老人家变相逼婚呢？常胜现在可还是光棍一根呀，得有香火传人呀，老婆在哪里呢？常胜脑海里不由自主地浮现出原乐惠子的身影，那可是树国大财阀家族的大美女呀，常胜自嘲地摇摇头。这也让他想起了爸爸妈妈，咱们爷俩的择偶标准有一拼呀，但愿这方面能有爸爸的好运，就算是为此付出一切也值得，常胜在心里对爸爸说。想到这里常胜不禁悲喜交加。

爷爷继续交代常胜任务，这么神圣的宝物继承自然要有庄严的仪式感，在家里焚香祖孙沐浴更衣后，常胜跪下双手过顶接过天书。根据祖传规矩，常胜需要带着甲骨天书去鲲鹏山之巅，在十五月圆之夜祭拜月亮后，才算成为家族天书的正式传人。

"本来你爸爸在你出生之前，就应该受此传承，但他却因为舍不得离开你妈，一再推迟继承时间，真是不爱天书爱美人呵。我和你爸可都是敢爱敢恨的汉子，但你似乎没继承到啊！"祖孙开起了玩笑。

怎么没继承到？常胜心里又浮现出原乐惠子的清纯……

"去鲲鹏山祭拜路途遥远，一路上肯定会有艰难困苦，这也是历练心性和体魄的好方法。据祖上说，这块甲骨几次挽救了我们地球，只要有甲骨天书在，我们地球就会平安。不过你放心，这几千年来我们的祖上在这祭拜之路上，最终都是平安归来的，不然甲骨也不会传承至今，看来冥冥中自有上天护佑呀！"爷爷在做战前动员，给孙子一个劲打气。

常太对常胜说到这里时，估计金刚和月亮人都笑出了声音，这老常头怪聪明的呢！哈哈……

说走就走，何况有如此的重托和使命！

> 吹你吹过的风，
>
> 走你走过的路。
>
> 一日不放飞心灵，
>
> 都是对自由的辜负！

"别贫嘴了，看你这是要唱呀，等等吧，还是先别辜负祖宗吧"！冯大白话好心对常胜插话道。

常胜辞别了爷爷连夜赶回市里，第二天就准备好驴友装备，骑着山地自行车出发了，想想祖上都是步行跋涉几年，爷爷准许我骑自行车去已经很好了，常胜很知足甚至暗暗窃喜，再说，骑车正好可以感受久违的出行快乐。

第二十八章　一起吹风

常胜晓行夜宿、饥餐渴饮匆匆前行，沿途风景虽美，但重任在身，一路猛蹬自是不敢懈怠。一日已到鲲鹏山脚下，再往前行就是帕米尔高原的峰顶了，他停下自行车。眼前的胡杨、不远的驼群、远处巍峨的群山和雪峰，美的厚重、美的苍凉、美的持久，让他不禁感叹祖国的大好河山。

此时在两山间有河流流过，可能是枯水期大片的河床裸露，有很多人在河床里捡石头，如果运气好的话，会捡到珍贵的和田玉一类的宝贝呢！捡玉石的人大部分都是旅游者，道边停了很多旅游大巴，常胜笑了笑，这河床都不知道被筛子筛过几次了，哪还会有籽料呀。就算自娱自乐也休息一会儿，于是他也加入了淘宝大军。

还别说他真就淘到了宝贝，什么宝贝呀？他居然在河床上看到了一脸兴奋的原乐惠子！谁？树国的原乐惠子呀！一刹那，常胜都不敢相信自己的眼睛，甚至还急得扇了自己一个嘴巴来让自己清醒。这引起了惠子的注意，对眼前这个扇自己嘴巴的大傻个，也有似曾相识的感觉。

原来是他，一个曾经总直勾勾看着自己的大汉国留学生……

树国人特有的礼貌让惠子先发起了问候，常胜这才缓过神来，一时不知道说什么好，也不知道该说大汉国语还是树国语，最后傻傻地一半大汉国语一半树国语终于脱口，大概意思是："是哪阵风把您吹来这里呀？"

"怎么，你能去树国，我就不能来大汉国呀？"惠子用流利的大汉语回答。她还记得我，她还记得我呀！此时此刻常胜已经兴奋得不要不要的了。

怎么这么巧？惠子怎么也来鲲鹏山了？

近来原乐惠子的外婆身有微恙，惠子便请假来到外婆身边陪伴。其间也陪伴外婆一起读大汉国历史，她们尤其对大汉国的唐代感兴趣，其中唐玄宗李隆基与贵妃杨玉环的爱情故事百看不厌，《长恨歌》那更是倒背如流……

祖孙俩唠嗑都是这样的：

"养在深闺人未识，孩子你什么时候找婆家？"

"天生丽质难自弃，请老人家您给包办一个吧！"

酸得倒牙，呵呵……

说来奇怪，惠子在此期间竟然连续九天做了同样的梦，梦到自己一个人去了大汉国的鲲鹏山，不但捡到了一块极品羊脂美玉，又去大汉国的唐朝溜了一圈，最后还飞到月亮上……在梦里开心极了，每次醒来都看到外婆守在自己身边，一边手捻佛珠，一边默念咒语。

梦境自然会讲给外婆听，一遍又一遍，外婆只是听并没有说什么，直到有一天外婆对她说："那你就去一趟鲲鹏山呗，看看能有什么奇遇。""好

呀，正中下怀，那你替我做妈妈的工作吧！妈妈最听您的话了，让她允许我去呀！"惠子对外婆说道。

就这样，惠子只身出现在鲲鹏山脚下。

听说惠子来鲲鹏山是为了寻宝，常胜就自告奋勇地当起了小跟班兼工兵，在河滩一路紧随又刨又蹬的，别忘了他小时候的伙伴可是大公鸡呀，挖地找物件是很擅长的。常胜自己都纳闷，自己咋突然就在女生面前敢表现了，语言挺幽默不说，还时不时搀扶一下惠子，惠子也没表现出反感。

其实在大树国相见时，由于惠子受外婆的熏陶，对大汉国人有天生的好感，惠子也暗地里观察过常胜这位大帅哥，只是当时常胜只敢想却不敢动，也就没有了下文。

或许是神人托梦抑或是甲骨显灵，就在这人都比石头多的河床上，居然让他俩挖到了一块十多公斤重的羊脂白玉。

这块大玉石埋得很浅，甚至只要用心的人，基本都能感觉到它的存在，但没人相信会有这么大一块宝贝，多年来无人问津。懂行的人觉得就是一块白皓石，外行人只听导游说，这里有指甲盖大小的籽料，这大傻个石头看着都嫌碍眼呢。

偏偏就是惠子，有备而来，寻宝就往大块头上使劲。还有常胜，当他怀揣甲骨天书，踏上鲲鹏山朝拜之旅的时候，又发现了自己一个特异功能，他居然在大白天，就能看清楚月亮和星星，晚上的月亮看得更是真切……

他俩几乎是同时发现的，当常胜和惠子合力将这块石头搬到导游面前时，导游还一脸嫌弃地说："你们缺心眼呀，来这是捡首饰的，不是打地基出苦力的！"

宇宙风云

　　可当惠子用手里的矿泉水给这块石头洗了个澡后，导游不淡定了，此时只要不是脑子被驴踢过又进了水，都看得出这大块头的确是宝贝！大家那个羡慕嫉妒恨呀。尤其是导游，肠子都悔青了，以前咋就没发现呢，让这外国妞捡了大漏！

　　这可不中，导游俩黑眼珠滴溜一转，说道："这石头你采自属于我们旅游公司的矿区，其所有权不应归你们。"说罢导游就扑到玉石上，声泪俱下控诉他俩的侵权行为。导游来这一出，惠子可不干了，从随身的包里拿出合同说："这是你们合同里规定的项目，还约定捡到的和田玉无论多大，都归旅游者所有，为此我还多加了 5000 元的团费，你们怎么恶人先告状呢！"

　　听惠子这么一说，傻站在一边的常胜一改往日人畜无害的乖宝模样，竟然一把将导游从地上拎起来扔到一边，然后站在宝石前面。惠子见状，迅速抱起宝石就向旅游大巴车上走去。这两人配合挺默契呀！但惠子好像又想到了什么，转身对常胜说："你过来帮我呀。"又接着对快速来到身边的常胜小声说道："你不是骑自行车来的吗？快帮我把宝石放到你自行车上。"对突如其来的信任，常胜老激动了，这是要开始的预兆啊！但惠子接着说道："我现在已经实现了来大汉国的第一个目的了，现在我把这块石头送给你了，你走吧，也免得导游再纠缠……"

　　什么，相见就要分手？！可捡石头也不是我来鲲鹏山的目的啊！原乐惠子倒是我的菜，可也不是我来鲲鹏山的目的，常胜一时不知道该怎么办。随着一声娇呼，常胜才缓过神来，原来惠子双手不堪重负，石头脱落到地上。"你自行车停放在哪了？"惠子急切地问。对呀，自行车呢？常胜猛然发现，什么你的菜我的菜，是坏菜了，自行车丢了！

第三部　蓝色星球

常胜一下头就大了，虽然甲骨在怀里的贴身口袋，身上的双肩包里也装着出行的重要物品，但其他旅游装备和交通工具丢了，爷爷的嘱托还能完成吗？从上大学开始丢自行车很多次了，但这次太突然了，祖宗们咋保佑的呀。

看到不知所措的常胜，惠子安慰说："如果找不到自行车，你就跟我们旅游团走吧，也好有个照应，其实这块石头要不要也都无所谓……"惠子的话音还未落，常胜的大鼻涕泡刚要美出来之际，只见前方尘土飞扬地开来两辆吉普车，转眼开到旅游大巴集中停靠的地方，漂移紧急刹车，从车上稀里哗啦地下来一群特殊的人。

有多特殊呢，和电影里暴徒打扮的一样特殊，他们戴着头套、手里拎着木棒，目露凶光地奔扑过来！拍电影吗？

当惠子看到刚才还誓与玉石共存亡的导游张开双臂勇敢地冲上去，又瞬间倒在棍棒之下时，知道这是真遇到坏人了！

跑吧！往哪跑？旅游大客车已经加速冲了出去，危难之时，舍生取义和明哲保身都无可厚非。咋办？俩人一起跑啊！常胜拉起惠子的手，玩命地跑了起来。玉石呢？此时谁还会关心身外之物。也是慌不择路，他俩向着鲲鹏山深处跑去，此时风暴骤起，瞬间黄沙漫天……

115

第四部　宇宙卫士

第二十九章　原生虫洞

大老黑这个家伙，开始拿出老实巴交的一套嘴脸，在火星常做闭门思过之举，与月亮人和金刚交谈时也常有悔意。

就是自从大老黑来到太阳系之后，地球人虽然没见其真容，也不知道真相，但也都普遍焦躁焦虑起来。甚至有矛盾的地区，都开始刀兵相见了，地球人也似乎感觉到了什么。

月亮人和金刚们当然不希望地球人有什么大的闪失，他们担心大老黑会突然对地球人发难。

正在这时，大老黑却突然找上门来，真诚地向月亮人和金刚们磕头道歉，然后表示想离开太阳系，重新回到过去，好好做人，好好对待这个宇宙……

简直是迷途知返的宇宙好男人典型！

而且还表示要把自己带来的所有黄金都留下送给地球人，以弥补给地球带来的灾难，也算给付一笔昂贵的借路费。浪子回头金送人，地球人居然敲了黑鲨船长的竹杠！

"不过这黄金的运输工作，可要由月亮人来承担呀！"黑鲨船长斤斤计较起来。好家伙，如果是用地球人现在的运输模式，把黄金从火星运到地球，运费的投入将远远大于黄金的价值！还好，这在月亮人眼里，只算举手之劳。

这也正中月亮人和金刚们的下怀，好啊！可把这个坏透顶的玩意送走了，还有大把的黄金馈赠，买啥吃不香呢！

其实金刚和月亮人早知道，大老黑对地球人一直没安啥好心，有大老黑一个劲地暗中使坏、里挑外撅的，单纯的地球人指不定上啥大当呢。

这下好了，赶紧送走这尊瘟神吧，大老黑离开太阳系和地球之后，我们一定要在合适的落点，给地球放一场纯金的流星烟火，以示庆祝！

随后，大老黑说出下一步请求，却让他们迟疑了。大老黑要求月亮人和金刚帮助他打开昆仑宇宙原生虫洞，他要穿越回过去重新做一个好盟主，绝不残害氢白族群和金刚族群，继往圣之绝学，开万世之太平，大家和睦相处。

月亮人和金刚也拿不准大老黑说的是真是假，大老黑见他们有疑虑，就继续口吐芬芳："氢风酋长，你离开曾经的宇宙太久了，但光明使者你还可以率部随我一起回到从前呀，我们一起重建那个失落家园，重新寻找我们久违的快乐！只是……光明使者，你要说服恒光大王把修罗女还给我。"说到这，大老黑居然有些忸怩。

　　大老黑继续忽悠："我大老黑一定以造福宇宙为己任，如有违背誓言，我将粉身碎骨、死无葬身之地！"直说得老泪纵横，一个一个大冰豆子砸到地面，最后竟然跪了下来，好像磕头不要钱似的。

　　看到了吧，现在你们知道这个大老黑多巧舌如簧了吧，没把氢风酋长和光明使者忽悠瘸了，就算他俩的腿积德行善了。

　　光明使者一听，何尝不是故国难忘呀，家国情怀又油然而生。如果穿越回从前，又能和大头领恒光大王在一起，还有当初掩护自己撤退战死的儿子，以及为自己舍身挡住暗箭的孩他娘……想到这里，金刚二头领光明使者不禁泪如雨下。

　　如果三大宇宙文明联手，果真能打开宇宙原生虫洞的话，金刚们是想回到那个金光灿烂的从前。听此建议月亮人也是心潮澎湃，想想被大老黑灭了的族群又能重新焕发生机，何人不起故园情？

　　既然大老黑把话都说到这份上了，大家又都有自己的小九九，那就别磨叽了，说干就干，又不是没这能力！于是经过一番前期准备之后，三大文明相约来到鲲鹏山，开始共同开启虫洞的梦幻之旅。

　　不过联合工作开始之前，金刚和月亮人要求大老黑制止地球上的一场愈演愈烈的战争，解铃还须系铃人嘛。大老黑虽然继续做无辜躺枪状，但这战争突然就戛然而止了，好像什么都没有发生过一样。月亮人和金刚心知肚明，都是大老黑暗中挑拨离间，但也不好再说什么，这也更坚定了他们立马让大老黑滚蛋的决心。

　　赶紧打开虫洞入口。

　　芝麻开门，芝麻开门……

这个过程艰难困苦就不一一叙述。在某一良辰吉日，这个虫洞的入口终于历经千辛万苦被开启了。入口的旋转宇宙之门被拉平，大家做了一个简单的欢送仪式之后，大老黑还要求大家为他唱了一首生日快乐歌，来庆祝他的宇宙新生。外星人歌唱得老好了，绝对的海豚音。然后大老黑和金刚就迫不及待地踏上了回归的旅程。

只见大老黑驾驶飞船率先进入虫洞，金刚们紧随其后。但就在这时，意想不到的一幕发生了，大老黑的飞船里射出了死光，瞬间，死光将金刚的飞船和月亮人的飞船笼罩。宇宙文明到了他们这个级别，想偷袭一举歼灭谁显然不可能，但死光还是让月亮人和金刚的飞船熄火瘫痪，月亮人和金刚们也身受重伤！糟糕透顶，上了大老黑的大当，月亮人和金刚们一时不知所措。

耳边响着大老黑离去时的话语："我大老黑就是为恶而生，想让我弃恶从善绝不可能，我要到宇宙初始的地方，我要捕捉到那颗盘古电子，我要让宇宙归零，没有我大老黑大有作为的宇宙，没啥存在的价值！我不想拥有这个宇宙了，这里都是穷山恶水和反对我的刁民，我要去宇宙之初，我要成为宇宙本身。我要让宇宙的万物都成为我在高维空间的投影，你们的存在，只是我轻轻眨眼的波纹，以后宇宙的存在，只是我能量的一种表现形式而已。"

金刚和月亮人的冷汗瞬间直流，原来大老黑要毁灭这个宇宙，看看我们这是做了些什么呀？都被别人卖了，还帮人数钱呢。我们还自诩是宇宙的大聪明呢！啥也不是啊。月亮人和金刚们懊恼地直拿脑袋撞地。

还假情假意地请求归还修罗女，黑鲨船长，这个宇宙超级渣男加大骗子，你不得好死！月亮人和金刚异口同声脱口而出地球人的球骂。

第四部　宇宙卫士

第三十章　来得正是时候

常胜和惠子裹挟在沙尘中，只见常胜一手护住惠子，接着一掌一脚，冲向惠子的两个坏蛋就随风飞了起来，在空中还不忘翻滚并狂喷鲜血。常胜拉着惠子迅速冲出了坏人的合围，他们甚至都能感觉到身后的木棒砸到人头骨的声响。

实际上如果没有惠子需要保护，常胜甚至想跑得慢一点，就这几棵葱，还不至于对他造成什么伤害，把暴徒吸引过来，免得其他无辜群众受害。

现在只能拉着惠子使出吃鸡蛋羹的力气跑呀跑，跑的过程中常胜又有两次回身踢，身后就又多了两道空中飞人的风景，看来追得快扑街得也快。直到他们隐约听到有警察鸣枪的声音，常胜知道这帮坏人作妖作到头了。

英雄救美还要演下去呀，拉着的手可万万不能松开。此时他想起了爷爷给他讲的爸爸打野猪救妈妈时的情景，他甚至想自己是不是需要假装甩掉外

123

衣，也露出 8 块腹肌呢。

这时候风暴更大了，常胜和惠子奔跑的脚步竟然停不下来了。他们只听到耳边呼呼的风声，脸被风沙割得生疼。渐渐的，奔跑的脚步凌空了，他们居然随风飞了起来。常胜反而感觉到一丝轻松，原来真有这么一阵风吹来啊，常胜心里想，只是拉着惠子的手握得更紧了。

也不知过了多久，也许就是一瞬间吧，常胜和惠子莫名其妙地在不自主状态下，竟被风带进了鲲鹏山死亡谷腹地。平时这里的入口可都有武装警察戒严，连当地的牧民都不能进入呢！为啥呀？危险呗。可今天他们鬼使神差，就这样犹如神兵天降来到这里，起码对现在的月亮人和金刚来说，可以用看到救星一样形容此时此刻的心情。

常胜和惠子看到眼前的一切，绝对被惊呆了：一群奇形怪状、奇装异服的生物，有的头戴透明头盔，也有不戴头盔的，横七竖八地躺在几艘飞船旁边……

这都是哪跟哪啊？

大老黑的狂妄笑声还从虫洞里不断地涌出，氢风酋长和光明使者也感觉到了空气的颤动，他们知道这是宇宙本身的不安躁动，宇宙也为此事开始焦虑了。远远的风沙漫天向他们涌来，只见风暴中两个地球人几乎脚不沾地被大风吹来……

这两个人金刚和月亮人早就认识，谁呀？常胜和原乐惠子啊！他们怎么能早就认识呢？这说起来就话长了。

当常胜和惠子的记忆被氢风酋长和光明使者强忍伤痛恢复后，得知刚刚在死亡谷发生的一切，再一次被惊呆……

第四部　宇宙卫士

第三十一章　一切都是天意

　　大家知道常胜的先祖是常仪、常先家族，家族是甲骨天书的传承者；惠子是真如法师东渡后，最有成就的弟子思妙两次转世灵童的后代，他俩家族传承的灵性被两大文明分别选中，作为智慧觉醒的传人。

　　他们时常在夜深人静或不为人知的情况下，被秘密带到他们的基地，回来后记忆都被抹去了。当然，以地球人的文明程度根本发现不了这件事情。

　　原来是这样，看来都还是老相识呢！

　　但这次常胜和惠子可是不请自来，并不是月亮人和金刚安排，的确是天意，是宇宙自古至今 138.2 亿年以来，最有意义的一次天意。

　　冯大白话整理了一下衣帽，郑重说道："我提议将天意这个词彻底封存，寄放在神坛之上，禁止再使用，起码在我们村必须遵守。"

　　氢风酋长和光明使者的功力确实超群，虽然被黑鲨船长暗算受了重伤，但还能把这两位空中飞人架上飞船，拼力恢复了常胜和惠子的记忆，然后把事情简要明了地告诉了他俩，并告知他们的使命："大伙都伤成这个样子，飞船也需要维修，而且时间太紧急了，现在只有你们俩能去宇宙之初阻止黑鲨船长了。"

怎么办？事到如今，一切都不能再等了，再等待也没有任何意义了。

但此时还处在顽冥不灵状态的他俩智慧尚未觉醒，光有成仁的决心能有用吗？！

因为前期觉醒地球人的工作，有太多人做了牺牲品，月亮人和金刚也觉得对有些人不够公平，本都那么优秀的人，突然就抑郁或疯掉了，实在是可惜。所以近年选择最后觉醒对象时，金刚和月亮人都征求地球人自己的主观意愿。参与实验还有人勉强同意，但当地球人知道自己要么被觉醒智慧，要么疯掉或傻掉的时候，而且疯掉傻掉的概率极其大的时候，他们绝大多数人都不同意被唤醒。也难怪，当今地球村各行各业竞争激烈，一个疯子或傻子无疑是生不如死了。

其实这事也的确要你情我愿，因为再高级的智慧也无法唤醒一个装睡的人。

但常胜和惠子当初被选定做实验时却都同意被唤醒，这给月亮人和金刚们留下了深刻印象。本来月亮人打算送走黑鲨船长后就马上开展最后的唤醒工作的。哪承想，黑鲨船长这招瞒天过海让自己只能望洞兴叹，宇宙也即将歇菜了。还唤醒啥呀，洗洗，都一起睡吧！

月亮人甚至能想象到这样的结局：宇宙停止了高速膨胀的脚步，开始掉头转向狂奔，宇宙瞬间变得瓦蓝瓦蓝的。这时的蓝天可就不让老百姓喜欢

第四部　宇宙卫士

了，蓝移的光谱如此强烈，大碰撞马上开始了。一切都将尘归尘土归土，恺撒的还给恺撒，最后都以粒子态又回归混沌奇点，乃至什么都没有、什么都没发生过……

这本就是宇宙的归宿，但没有智慧生物愿意提前看到或亲自经历。

月亮人和金刚们思想上虽然很悲观了，但行动上还得积极向上，困兽还犹斗呢！不抛弃、不放弃，何况我们还是宇宙的大聪明呢，欧耶！大不了从头再来，都醒醒，都醒醒呀！

马上尝试唤醒常胜和惠子，时间和设备都不允许呀！

但坐以待毙，更不可以！

月亮人和金刚联手为地球人量身定做的强子宇宙战舰就在虫洞旁边的山洞里，现在已经停在他俩面前。战舰的内部环境完全模拟地球生态，在太空中也能确保地球人安然无恙，当然你也要听从战舰智能生存系统的指令才行。但这战舰的操作者需要是唤醒智慧的觉悟地球人，也就是说现在的常胜，虽然饱经月亮人的觉醒锻炼，但还差最后的火候，是驾驭不了这艘战舰的。

得知所有的一切，此时常胜缓缓地说："既然宇宙把原生虫洞放在了地球，宇宙也在许多方面表现出了对碳基生命的偏爱，那就让我试着去跟宇宙沟通吧。让我用我的思绪去理解并链接宇宙……"

常胜话未说完，原生虫洞里竟然发出柔和的白光，大地开始微微地颤动。白光将常胜笼罩。这白光我在《后记》中将会重点提到，这是宇宙最初的光，也是宇宙最纯净的能量和智慧。

常胜大脑的量子介质与宇宙智慧开始纠缠了，宇宙能量传递瞬间完成。

宇宙能量就是智慧的本身，此时常胜与宇宙的能量正式链接，两者振动频率完全一致，与宇宙之光同频，就这样常胜获得了宇宙能量的加持，与超能力链接成功了。现在别说驾驶战舰，就是再造一艘战舰的水平都具备了。

还需要和各位看官交代一下，常胜有此奇缘，也需要骨骼清奇不是，这同月亮人和金刚们的地球人觉醒计划是密不可分的，可以理解为月亮人已经教练了常胜10年武功，最后一朝被宇宙能量给打通了任督二脉。

如此看来常胜获得了宇宙的加持，月亮人和金刚们的竞赛，月亮人完胜了，这说明月亮人更懂地球人呐！

看到这一切，氢风酋长和光明使者知道有戏了。我说宇宙咋把原生虫洞放地球了呢，敢情还有这样的撒手锏……月亮人和金刚不约而同地想。入乡随俗，现在宇宙大聪明们也是满嘴地球村土话，甚至有时候还能赋诗一首呢。

这是啥情况呀？宇宙咋还亲自披挂上阵了呢？常胜什么缘分呀，咋还受到宇宙加持了呢？大家是不是都有点迷瞪啊！

大家还记得甲骨天书吧，氢白老人用宇宙微波辐射的能量为其做了传世处理，而现在宇宙就是用宇宙微波辐射的源头，通过虫洞辐射的形式，来向常胜传递能量。此时此刻甲骨正在常胜贴身的口袋里。而且天书是从小就陪伴常胜，这是爷爷的偏爱。是呀，一个从小没有妈妈的孩子，原来有宇宙母亲一直在庇护。

什么是宇宙超能力，就是与生俱来的善念和宇宙之初的能量纠缠！宇宙万物本来在宇宙之初就是同一属性，同来源于一颗电子和一只宇宙蛋而已。

我们现在就像置身无数的星光下，地球表面也就有我们无数的影子，看上去千奇百怪的这些二维影子，实际上只是一个三维人体的投影而已。如此推理，我们和另外那几十亿人在更高维度有没有可能也是同一个个体呢？只是接受的光和能量不同，我们在我们的宇宙的投影也就不同了。当然，宇宙最初的光下的投影，自然会与众不同。

白光慢慢消退乃至消失，常胜依然站在那里，只是腰板更挺直了，目光如炬又深不可测，衣服鼓鼓似乎要撑破的样子。此时，如果天上果真有神仙，也会被这如闪电一样凌厉的眼神惊到的。

开始惠子还是惊奇地注视着常胜，突然就被常胜的炽热目光吸引，竟然向常胜缓缓凌空飞过来。常胜赶紧伸直双臂很绅士地接住惠子，轻轻放下，说道："这是我第一次，也是最后一次，为自己的私念使用宇宙能量，如果我能完成这次使命，我甚至想把这超能力再交还宇宙或者封存，其实做一个普通人挺好的。"常胜说得很轻松，惠子却被惊得半天合不上嘴。

既开启了智慧又被宇宙加持能量，人狠了话就更不需多，所以常胜慷慨出征，没啥豪言壮语。"常胜这小子有了超能力，不会去隐居了吧？"冯大白话又急匆匆地插话。

现在宇宙都要没了，自然也没有了隐居的主客观条件。再说了，提啥隐居呀冯大白话，女神就在身边，别哪壶不开提哪壶啊！

宇宙如此偏爱碳基生命，咱可不能掉链子，常胜心中暗想。

第三十二章　回到最初

"好了，我要去追黑鲨船长了。"常胜对众人说道。"我也要和你一起去。"身后传来惠子坚定的声音。常胜心里自然高兴，但也迟疑地看了一下月亮人和金刚们，这两个老江湖当然知道常胜的心思，几乎同声说道："一起去吧，也有个照应，最好是像刚才一样，手拉着手去战斗。阴阳合璧一定能拯救宇宙，也不辜负宇宙对你们碳基生命的偏爱呢！"

于是常胜和惠子来不及向月亮人和金刚正式道别，就登上飞船冲入虫洞。上飞船的时候，惠子还扶了常胜一把，怎么回事？此时的常胜感觉到大脑是异常的清醒，内心无比的愉悦，又信心爆棚，只是觉得脚上的力量不太够，可能这能量的链接是从头上往下走吧，如果要达到完美状态，还需要让子弹再飞一会儿！天降大任说干就干，赶快去拯救宇宙呀，腿不灵就改成飞吧！结果两人又是牵手飞入战舰，战舰在虫洞口一闪，瞬间就无影无踪了！

常胜和惠子驾驶着强子战舰，向宇宙之初穿越而去。多亏两大文明留了这个后手，链接了超能力的常胜娴熟地驾驶超级智慧战舰，自然不在话下。而且宇宙的能量还源源不断地在虫洞里对常胜继续加持着……

大老黑抢先到达了，他的寒冷大法马上实施并奏效，宇宙之初温度慢慢降低，时间还未开启，大老黑的计划看着就要成功了。

也多亏大老黑没有马上动手，要不然常胜和惠子在大老黑清零宇宙时，是追不上大老黑的。大老黑要是早动手，常胜和惠子也许就会被封在虫洞中，永世不得出离了。

大老黑到了宇宙之初，一看乐了，他看到自己戴着大皇冠举着自己的权杖，威风凛凛地准备朝混沌砸下去，怎么原来是我开启的宇宙？

但这大老黑的学问可是实打实的，他瞬间明白，盘古大帝是无形的，其形象是自己心识所造，如果让自己的权杖劈下去，宇宙还将是原来的老样子！

于是他赶紧祭出了"反物质电子云雾陷阱"，得不到就毁灭，我要捕捉这只高维空间的电子，让这个宇宙永远混沌下去吧！

眼看着自己的形象变成了一颗电子，就要被陷阱捕捉了，大老黑狰狞地笑了。

盘古大帝是宇宙中起始的能量，是宇宙发展的原动力，也带着高维宇宙所有的信息，是我们未来发展的方法和方向。如果真被大老黑给捕捉乃至毁灭，我们的宇宙可真还没开始，就结束了。

黑鲨船长一直很郁闷，没有我大老黑立足的宇宙，还有存在的价值吗？不是我黑鲨船长亲手创造的宇宙，我黑鲨船长生活在这里面有面子吗？多让高维宇宙耻笑呀!

月亮人、金刚们，还有孤独善人你这个死老头子，你们都顶礼膜拜的宇宙起源圣地，不就踩在我黑鲨船长的脚下吗？如果我高兴，我甚至可以在这里吐唾沫或撒泡尿，好好恶心恶心你们这些和我作对的家伙……还有你们小小的地球人，竟然妄想宇宙就只有你们这一支文明，不知天多高地多厚不说，你们不觉得那样太浪费了吗？自作多情！黑鲨船长越想越龌龊，也越兴奋，不禁手舞足蹈起来……

黑鲨船长本想毁灭这个宇宙，或者按自己的意愿创造这个宇宙，来实现自己真正的独裁和极度膨胀的野心，现在又多了嗔恨之心。谁能想到，黑鲨船长也曾是宇宙的霸主，当失去往日的辉煌，现在竟是一副喋喋不休的恶妇形象。

各位看官，黑鲨船长虽然在宇宙之初撒泼耍混，但绝不是来搞笑的，更不是来寻死拉宇宙做垫背的。黑鲨船长不愧为宇宙第一阴谋家，其邪恶计划绝对有高度……

冯大白话此时想插话，但明显知识储备不够了，宇宙之初这一块，教皇也不让研究呀！冯大白话只好搬来小板凳，安静地坐好听吆喝。

黑鲨船长这几千万年来可一直没闲着，学习研究那是相当刻苦。终于让他突破了宇宙长城不说，还在距离银河系上方 3500 光年的过饱和乙醚气云雾中发现了反物质源，并借助此中的能量，发明了"反物质电子云雾陷阱"，用来对付囚禁"盘古大帝"。

根据黑鲨船长的"旋理论"科研成果：宇宙的构成非常简单，万物皆能量，宇宙的基础为"能量"，"能量"是宇宙本源。但旋转为本，宇宙万物

就是在旋转中产生的，包括暗物质。

那么好了，如此在宇宙之初，如果能先捕捉了盘古大帝，那么混沌就不能创生宇宙，就会塌缩成奇点。而此时的奇点可能会改变其自旋方向，奇点就变成反物质了。

这时，恰到好处地再将盘古大帝加速放出，哈哈，虽然你还能猜到大爆炸的开始，但却没有开启宇宙新生的结果了。

因为正反物质的金风玉露一相逢，除了爆炸之外，什么都不会留下。

那么，黑鲨船长呢？

也是什么都不会留下了，连基本粒子都不会留下一颗。

"这这这，大老黑是图个茄子呀？"冯大白话都急结巴了。

是如大老黑说的那样："没有我黑鲨船长的宇宙，还有什么存在意义"式的同归于尽吗？

我们又都只猜对了一半。

黑鲨船长从自己研究的"多宇宙"理论中得知，如果自己能亲自毁了宇宙的诞生，其必然会在另一个平行宇宙中创生宇宙。这个大老黑，现在的学问已经可以比肩当年的氢白老人，甚至跃居第一了。

于是大老黑不惜与整个宇宙为敌，只为了自己能在另外一个宇宙实现称王称霸的远大理想。

就在这宇宙危难时刻，常胜和惠子驾驶强子宇宙战舰赶到了，强子战舰的记忆瞬间让电子恢复活力。但反物质电子云雾陷阱还在，需要发射武器击毁吗？强子战舰也感受到了反物质电子云雾陷阱的巨大威胁，常胜心念一动，飞船前部已飞出一根细针。可别小看这根细针，初始就是光速，大老黑的。反物质电子云雾陷阱立马歇菜了，高能电子又满血复活成大神盘古！

强子战舰在空中划出优美的弧线，战舰里的常胜和惠子一起回眸，深情望了盘古大帝最后一眼，就又冲回到虫洞里踪迹全无！

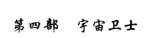

第三十三章　大恶大善

这一切都太快了，用任何时间单位都无法表达，但还有比时间都快的，是常胜和惠子的想法：我们就这样来到宇宙之初走一遭了吗？脚印都没留下一对，云彩也没带走一片呢！我们要留下些东西才好，留什么呢？

"是题字'到此一游'吗"？看热闹的冯大白话傻傻地插了一句。

"我要留下'善在宇宙之初'。"常胜自言自语地说。惠子连忙问道："难道你要留下吗？""我哪有那么大的德行呀。"还没等常胜语音落地，此时甲骨天书竟自动从常胜怀里漂了出去。

敲黑板，"童鞋"们，重要的事再重复一遍：善是宇宙中最强的能量，其能量的链接就藏在人的大脑当中。此时我们看到的是甲骨天书的投影或者是分身，留在了宇宙之初，实际留在宇宙之初的是地球人的善念，甲骨天书也还在常胜身上。

宇宙风云

这事最早知道的是惠子，因为当她在下文扑到常胜怀里时，被甲骨天书硌了一下。其实即使不被甲骨天书硌着，那一身肌肉块子，也会硌着她的。

大老黑再想做什么也来不及了，其实刚才那一切发生的都是超光速的，或者说没有时间概念的，因为时间还没有产生。

盘古大帝的大斧子已经劈下，宇宙诞生了，大老黑在宇宙之初被炸成了夸克和轻子，恢复到了最基本的粒子状态，满布在宇宙。大老黑在宇宙之初灰飞烟灭，终于完成了自己对自己的诅咒，虽死无葬身之地，也算完成了自己的伟大理想。因为宇宙的起源，是伴随着黑鲨船长的邪恶。还好，也有善的因素蕴含其中，一片甲骨和地球人的善念，竟然成了宇宙善的起源。

原来，现在的宇宙和我们的世界有善有恶，就是源于宇宙初始的组成状态。在某种程度上可以认为，大老黑已经完成了自己的夙愿，他成功地成为这个宇宙恶的鼻祖，含有它恶的基因和记忆的物质变成它的魔子魔孙，散布在我们世界的每一个角落，继续为非作歹，惹是生非。

但也就是因为世界上有恶，才能体现出善的价值，才能让善独善其身，善才不会作恶！所以老子说，不善者善人之资啊！

突然，常胜轻轻一拍惠子的大腿……"嗨嗨，过分了吧，咋不拍自己脑门呢？"冯大白话有点眼馋了，就又来插话。常胜继续拍惠子的大腿并说道："不好了呀，大老黑虽在我们的宇宙中化为齑粉了，但在另外一个宇宙，它的阴谋一定是得逞了，我们俩也被他冰冻在那个宇宙之初的虫洞里了。""啊，你说的是多宇宙还是平行宇宙概念呀，原来这都是真的呀！""是的。"常胜回答道。"那怎么办呢？"惠子不安地问。

"那是另外一个世界的事了，任何人的所作所为，其实都和多重宇宙紧

第四部　宇宙卫士

密相连，我们只管做好自己的现在，其他就交给宇宙选择吧！"常胜回答惠子说。"你是说宇宙万事万物，其实是早就安排好的吗？"惠子弱弱地问。"是，也不是，虽然我们的生命组成元素都是来自140亿年前的基本粒子，但我们大汉国有句古话：我命由我不由天！"

常胜一字一顿地说道。

这碗浓浓的宇宙心灵鸡汤，估计没令你反感吧？

此时，原乐惠子突然间觉得自己对常胜有一种异样的感觉，劫后余生，也许是刚感觉到后怕吧。是呀，宇宙差点说没就没了，可爱情也是说来就来呢，惠子的脸瞬间发起烧来，想想还有另外一对他俩被一起封在宇宙的虫洞里，脸烧得就更厉害了。

第三十四章　长恨歌

再起念头时，他们已经回到了地球，只是此时已经不是他们离开的时候和地点了。

什么时候？

公元 756 年，7 月 15 日。

什么地点？

大汉国大唐王朝的马嵬坡。

"又是老套的穿越。"冯大白话看到这里，不禁嘟嘟囔囔起来，似乎有要骂街的冲动，但好奇心又驱使他继续读下去。

常胜和惠子开始也是懵瞪，但看到飞船上智能时空仪的显示时，就知道穿越了。为什么是这样呢？还没等常胜发问，飞船就回答道："主人，这是宇宙原生虫洞搬的道岔，说是对你们俩拯救宇宙的额外奖励，属于你们地球

买一赠一式服务！"

"是呀。"惠子惊喜地回答，"真没想到，我在虫洞中就是这么一想，我非常好奇《长恨歌》描写的李隆基和杨贵妃的爱情故事，既然到这了，常胜你就陪我看一看嘛。"惠子略有撒娇。

常胜故意板起脸："这可是有使命的战舰，我们不能打着公家的旗号为自己办私事啊！汽油的价格现在多贵呢，哈哈！"惠子才知道常胜在跟自己开玩笑，于是也露出了如花一样的笑容。

他们俩在飞船里，飞船隐藏在苍茫的夜空里，即使是现代科技的地球人都发现不了，就更别说古人了。但他俩在飞船的全息显示器上，地面的一切都看得真切、听得清楚……

马嵬坡上密密麻麻的甲兵，有的拎着兵器，有的打着火把，有的举着旌旗，还有成排马上端坐的将官。

突然甲兵纷纷向两边闪让，将领也都赶紧下马，只见一匹高头大马从人群中冲出，马上端坐一人，金盔金甲气宇轩昂，手握着一杆明晃晃的金枪。

只见他徐徐带住坐下马的缰绳，将金枪在马鞍一横，缓缓说道："寡人登基 40 年，今逢安禄山这个孽畜造反，连累众位爱卿护我西出都门逃难至此，朕甚是不安，尤其祖宗基业几乎毁在朕手……但朕岂是贪生怕死之人，又岂是薄情寡义之人！"

"你们逼朕赐死杨爱妃，玉环陪朕多年，温柔贤惠，何罪之有？众位爱卿，朕不能允你们伤害朕的女人，朕现在就把皇位传给亨儿或是瑁儿（这么大的事都带选项的，看来唐明皇真的是急眼了）。反正都无所谓了，我现在什么都不是了，只是一个要保护家人的丈夫！你们都给我滚吧，我们夫妇不需要你们保护。"李隆基说罢，催动坐骑高声喊道："玉环，玉环，快过来上马，我要单枪匹马与你携手走天涯……"

什么情况？历史也不是这么写的呀。这唐玄宗是情种，也是汉子呀，惠子在心中暗暗称赞。嗯，外婆要知道是这样，也不会再愤愤不平，说大唐盛世这个皇帝是薄情人了。

但下面的情景又让人失望了，却没有看见那个风吹仙袂飘摇举的美人出现。镜头一转，只见一个绝色佳人在一株老树前哭得是梨花带雨，手拿白绫喃喃自语："三郎，我不能拖累你，我们来世再见吧。"说罢竟上吊自尽了。身边的四位戎装侍女见不能阻挡，也都用事先准备的利刃自裁随主而去。

原来是这样，虽是替古人担忧，惠子还是流下了眼泪，唐人果然义气刚烈，大唐彪炳千秋，大哉！

此时李隆基骑马冲了过来，见此急忙甩镫离鞍下马，奋力地救下杨贵妃（体重有点大），但此时杨贵妃已经气绝身亡了，李隆基不禁号啕大哭……

大伙一看杨贵妃死了，心中一块石头落地了，高力士忙上前规劝唐玄宗："皇上呀，龙体要紧呢……"还有什么人死不能复活呀，什么大局为重，什么天涯何处无芳草啊，啧啧……

主要后面的追兵马快刀急呀！

李隆基也是无可奈何，只好命人匆匆掩埋玉颜，并嘱咐一定做好记号，就被大军裹挟着逃命去了。奉命掩埋的人哪有闲心挖坑，就是匆匆忙忙地在后山坡把人往地上一扔了之。

但也没执行郭玄礼将军的补刀军命，主要是没下得去手，美人虽然死

了，但也还是美人啊，就留一全尸吧，黄泉路上也是道风景。就这样，这两名军校做好事不留名，骑上马就去追大部队了，逃命要紧呐。当然不忘把杨贵妃的花钿、金雀、玉搔头等默默地收入囊中。

常胜和惠子在飞船里自然是唏嘘不已，突然惠子对常胜说："你救活杨贵妃呗，这抛尸在荒山野岭太可怜了。"常胜故作沉吟道："这个嘛，我做不到呀，因为……""因为什么呀？"惠子焦急地问。"因为——她现在没有死！"常胜突然说道。

"是嘛，那我们快下去看看吧！"此时惠子急得不要不要的。原来杨贵妃是个胖美人，脖子很丰满，上吊自尽时，白绫对供血和供气功能的毁损都打了折扣，她现在是假死状态，估计一会儿就能慢慢缓过气来。原来是这样，惠子松了一口气。

"这兵荒马乱的，就是活过来也会落入安禄山之手，还是凶多吉少啊！怎么办呀？"常胜提醒惠子说。"历史不是传说她后来去了你们树国吗？""对呀，可是她咋去的呢？"惠子还没发问，就见常胜轻轻一抬手，地上的杨贵妃已经向飞船漂浮过来……"惠子，我这又是利用公家的能量办私事吧？"惠子秒懂常胜的用意，说道："宇宙也有好生之德呀。"常胜和惠子不禁相顾莞尔。

于是他们就载着还未醒来的杨贵妃，发给战舰去当下树国的指令，战舰瞬间就来到树国。下一步怎么办呀？惠子想了想说："我们把她送到树国也就完成了使命，剩下就看她的运气了，我们这就把她送回地面吧。"杨贵妃此时酥胸起伏，面色也恢复了红润，就差哇塞一声睁开双眼了。常胜默默地点了点头。

　　杨贵妃缓缓落地，同时也睁开了眼睛，什么？这是哪里，我这是在黄泉路上吗？老孟婆子如果灌我迷魂汤我喝不？她发了一小会儿呆，然后发现自己居然还活着，同时也发现这里不是马嵬坡，无比惊诧之余只剩下呆呆发愣了。

　　她从天而降，被一位树国的早行武士发现，这是纯纯的仙女下凡呀，武士上前连忙跪拜后，就把她扶上骏马送往武士家主的府邸，杨贵妃此时也是别无选择。

　　常胜和惠子在天上看着，直到武士将杨贵妃送入其家主府邸，惠子才是一声惊呼，只见官邸门楣金匾高悬"九珊福地"。

　　"她她她，进了我的祖上九珊家族的家呀！""是吗？"常胜幽幽地回答，接着说道，"怪不得你长得这么漂亮呢！"

　　"啊，我这是干了什么？"惠子当然明白常胜的意思，双手捂住娇美的面容，不知是喜还是忧。

　　"我们回鲲鹏山吧，月亮人和金刚他们不知道有多着急呢。""好的。"惠子回答的同时也恢复了平静。

第四部　宇宙卫士

第三十五章　流星与心愿

他们转瞬之间回到了鲲鹏山脚下，好像没离开过一样。但此时月亮人和金刚都已经离开了，一是回去赶紧疗伤，再有回去和亲人告别，这个宇宙挽救能不能成功，他们也心里没底呀。还好，金刚和月亮人的机器人们还在，继续执行警戒和清场任务。

惠子和常胜一回到鲲鹏山营地，月亮人和金刚就发来了贺电，祝贺这一对宇宙战士凯旋。他俩也知道了月亮人和金刚并无大碍，也就放下心来。

宇宙大功臣胜利归来，没有鲜花和掌声，一切还都是老样子，只是宇宙又多了太多不被人知的秘密。

他俩坐在飞船里继续聊……

"竟把这么高档的地方当咖啡厅了咋地？"冯大白话嘟嘟囔囔地说道。

在交谈中得知，他俩回眸看盘古大帝时，最后看到的竟然都是自己劈向

宇宙风云

了宇宙混沌，只不过常胜用的是甲骨天书，而惠子用的是武士战刀。

这其中的道理他俩也都明白，相由心生嘛，宇宙有今天这个样子，也是我们自己主观的印象而已，于是两人哈哈地笑了起来。

惠子还完全不敢相信这是真的，原来，拯救宇宙如此简单！其实她不知道，这是几千年民族的神勇和宇宙能量的积累呀，是真正的厚积薄发！

也许是刚才消耗了太多精力，他们在飞船里昏昏睡去。

他们还做了一模一样的梦，梦里常胜领着惠子一起回到了东北家乡，回到了爷爷的小屋……

也不知道睡了多久，突然，他们从梦中惊醒，原来是月亮人和金刚发来了警示：快醒醒，一小时之后，将有一颗比 6500 万年前那颗还大数倍的流星再次击中地球，具体着陆位置在大汉国的海都市，人类的文明自此终结！

这颗小行星地球人已经观察跟踪很久了，取的名字就叫黑鲨船长。果不其然，这撞向地球的小行星还真是黑鲨船长给地球人挖的坑……

这事金刚和月亮人管不了，因为他们都有伤在身，也没有能量了，能量都用来开启虫洞了。如果常胜和惠子想出手相救，只有驾着飞船去撞击拦截。

因为飞船有着这个宇宙最先进的防撞击智能系统，自动驾驶程序中不允许撞击事件发生的，撞流星只能在飞船的内部能量场里，由真人驾驶实操。打造强子战舰的特殊材料，天生的斥力就是流星的克星，但你们的生命，却会在撞击的冲击波中逝去。如果你们不愿意，也没人勉强你们，你们就驾着飞船立马走人。这飞船可以用微波辐射为能量，保证你们在宇宙任何地方都能旅行，随便到其他的星球去开创文明。

144

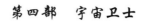

以上是月亮人和金刚们的态度。

流星要击中海都市，这让常胜想起了妈妈，一定要救呀！一个连妈妈都不去保护的人，还能有什么脸面苟活于世呢？

当然，这么大的一颗小行星只要是击中地球，无论哪个位置，都会把地球变成一颗名副其实的火球，海水也将全部气化，毁灭后果都是一样的。

刚刚拯救了宇宙，还要继续拯救地球和妈妈！低调点行不行？不行啊，没有选项。

惠子自然是同意，这也是拯救自己的家园和亲人呢。这不也是自己家族的使命吗？她似乎看到外婆正虔诚地在佛前祈祷。

当飞船到常胜的家乡上空，常胜不禁泪眼婆娑："惠子，我们一起下飞船，再拥抱一下这片土地吧！"他们知道拦截撞击流星的后果，他们愿意用自己的善和血肉之躯，换来这个星球的明天更美好。于是他们停下来，当然，这样一艘自动隐身的宇宙战舰，以地球人的科技是无法发现的。望着家乡熟悉的景色，常胜跪在这片土地上……

惠子也跪下来……

"我们这是在拜天地吗？"常胜又说笑起来，惠子听后更是百感交集。然后他们又一起登上了飞船，时间紧，任务急呀。这时，常胜对惠子说："你再下飞船取一捧我家乡的泥土吧，也许它会让我们平安归来呢。"

惠子是多善解人意，马上下飞船去取泥土。可当她蹲下身子取土的时候，却惊讶地发现，飞船已经起飞，瞬间不见了……

此时惠子耳边响起常胜的声音："替我照顾好爷爷，谢谢！还有，一会儿流星来的时候，你一定要许一个心愿，会很灵很灵的……"

宇宙风云

惠子马上就明白了常胜此举的用意，他是把生的机会留下来，他自己甘愿为拯救地球赴死。本来凭常胜现在的超能力，取一捧家乡的土，根本不用下飞船呀。常胜，你骗我，我……她知道她想要说的话，但这已经是不可能实现的了。

不过惠子还是开始在心里默默地许下心愿，一遍又一遍……

此时的地球村已经忙乱成一锅粥，各国首脑紧急互相通着电话。这流星的运行轨道不可能撞向地球的，怎么突然间就变向飞过来了呢？没有任何征兆和预案，现在各大国的洲际核导弹才开始瞄准，但他们也都知道，有预案也是徒劳的，如此密集的流星雨，也一样会要了地球人的命。

地球即将毁灭，此时，人们都在做什么？

相亲的人紧紧地拥抱在一起，互相仇恨的人也都在通话，希望得到对方的谅解，大家都为疯狂地积累财富追逐名利而后悔不已！此时都知道了一切名利是过眼云烟，生不带来死不带去啊！

世界竟然启动了还账模式，此时众多老赖们纷纷用各种方式向债主还钱，还自动附加高额利息，就一会儿时间，世界各大金融系统和各种支付软件，因利用频率太高而数次瘫痪。

当然也有守财奴，此时此刻竟然还要去银行取出全部现金，和其他金玉财宝堆满屋子，然后自己躺进去，美其名曰：宁做富鬼不做穷人！

"如果再给我一次活的机会，我将会……"一位男子流着眼泪对电话那端的妈妈说道。

据事后统计，今天地球上所有的母亲，接到电话的频率是最高的。此时，身在海都市的母亲，虽有孩子在旁陪伴，但最盼望的也是电话铃声的响

起，希望有一个亲切的声音叫她一声"常妈妈"……

她肯定听不到电话铃声了，也不知道在即将到来的流星阻击战的烈火中，她是否依稀能看到自己孩子高大的身影？

此时的流星已经掩住了太阳的光芒，即将进入大气层，地球几个大国的核弹发射指令或按钮都已经解锁或按下，但令他们无比惊讶的是，核弹发射都失灵了！

"不但这次失灵，只要有我在，你们的核弹发射就永远不会灵的。"即将驾驶飞船冲向流星的常胜一边心中暗想，一边计算着撞击的角度和撞击力量，然后就冲向了流星……

地球人可不明真相，望着天空彻底绝望了。就在这时，在大屏幕上，地球人发现有三块速度极快的陨石（飞船都有对地球人的隐身功能）突然出现并冲向这颗流星，其中两块陨石以极快的速度，以神奇的角度先后击中了流星。不可思议的是，击中流星的两块陨石并没有损伤，而是像头领一样，带领着转向的流星和爆炸的碎片向外太空飞去，宛如飞行表演。冲向流星的那两块陨石，仿佛有生命一样，竟然迅速脱离了爆炸现场，其速度之快，运行轨迹之诡异，非地球科技所能比拟。

且从光谱分析看，这三块陨石的组成元素也不是地球元素。虽然流星的主体转向了，但也还有一块流星的残片落向了地球。只见第三块陨石又以地球人不可思议的方式和速度，从后面追上了这块流星残片，并在大气层边缘将其撞得粉碎，最终这些粉末状碎片落在了罕无人烟的西伯利亚，灿若飞花……

那块追击残片的陨石，也在剧烈的爆炸中没了踪迹。这次黑鲨船长临走时，给碳基生命设定的灭顶之灾，并没有给地球造成大的灾难和人员伤亡，地球得救了，妈妈平安了。科学自然解释不了这些现象，从此，地球又多了数道世界未解之谜。

惠子在地球上目不转睛地关注着，但只看到猛烈的撞击和冲天的火光。瘫坐在地的惠子泪水夺眶而出，但还是一遍又一遍在心中虔诚地许愿……

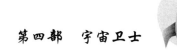

第三十六章　我们回家

　　怎么回事，怎么是三艘飞船呀？原来，关键时刻是月亮人和金刚派出战舰联手出击了。他们被常胜的善举感动了，其实他们也是在考验常胜，他们知道强子飞船的能力，这种级别的碰撞，也就是挠痒痒而已，而且还是隔靴搔痒那种。

　　受天下之不祥，可为天下主，这样的人值得寄托！

　　金刚们和月亮人都放心了，现在有常胜在，他们可以放心地离去了。讨扰太阳系这么多年了，也该回到自己的家乡去收拾旧河山了。

　　月亮飞船是不是也要飞走了呀？是吧，地球将按照自己的成长轨迹去自由发展吧。

　　在后文，常胜还是出面说服了月亮人，留下月亮吧，这是整个地球人的心灵家园。常仪也就是嫦娥，也为地球娘家讲情，如此月亮人也就同意了。

 宇宙风云

常胜的面子真大，但是月亮人还是要走的，就留下嫦娥留守月亮飞船吧！寂寞吗？再搭一只月亮人的宠物兔！

有诗云：

关于这一天

所有的游子开始仰视

星光暗淡之后

月亮上的家门

是否有炊烟升起

为了这一天

镰刀以特有的弦线

开始弹奏

丰收的喜悦和

团圆的主题

等到这一天

月晕朦胧时刻

人间燃起篝火

嫦娥和玉兔的眼睛

开始潮湿

如果这一天

我任月光孤独地

倾听空山鸟语

那夜半的钟声

可是你到家的归期……

善与恶都留在了宇宙之初，强子战舰恢复出厂设置，飞回鲲鹏山死亡谷封存，等待常胜的再次召唤，但愿永不召唤了……

战舰再启用时是若干年后，竟是常胜去帮助月亮人和金刚，收复被黑鲨船长二世霸占的家园和黄金星球……

鲲鹏山的虫洞因为有物体反复通过，已经塌缩不见了，或许只有常胜才能让其再度现身吧！

过去是回不去了，我们只能勇敢地面向未来，并常回家看看！世界就是这么奇妙，黑鲨船长在宇宙之初化作基本粒子，流星事件也转瞬过去，地球人又都恢复了快乐心态，一切都美好如初了。

惠子收起悲伤一路打听，来到了常胜的乡村。惠子不知道，常胜的老家也是惠子外婆养父母的家乡呢。惠子轻叩柴门，见到一位鹤发童颜、精神矍铄的高个子老人。"您就是常胜的爷爷吧？"惠子九十度鞠躬后问道。

"是呀，你是……""我是常胜的女朋友。"爷爷一听高兴极了，这么正点的孙媳妇，太好了！赶紧往屋里让，以前咋没听常胜说过呢？这小子保密工作做得不错呀！爷爷心中暗喜。

"常胜去登鲲鹏山了，估计还得几天回来。"爷爷连忙说道。"天上要掉下来星星的事，没吓着你吧？"老人又关心地问道。不等惠子回答，老人继续说道："我一直劝村里的人，别紧张害怕，世界不会在今天毁灭的，不是吗？这不都不缺边不少肉的，好好的吗？哈哈……"老人家还挺健谈。

"因为我孙子他去了鲲鹏山呢，"说到这里老人才若有所思地停下来，"对呀，我那宝贝大孙子啥时候回来呀？自行车在山里也不好蹬呢……"老人缓缓坐下自言自语。

"爷爷，常胜他……他不回来了……"惠子结结巴巴地说。"不回来了，他去干啥了？"老常头不解地问道。"他去拯救地球了。"惠子实在忍不住，哽咽起来。听到这里，常太心里想，这么好的姑娘，说话怎么胡言乱语的？"好好好，他还去拯救宇宙呢！"爷爷敷衍地说道。"什么？爷爷您都知道啊！那您说他能平安回来吗？"

"我知道什么呀？姑娘家住在哪里呀？早些回去吧！"

爷爷一心想把这个疯丫头打发走，可惠子不走呀。"爷爷，我答应常胜要留下来照顾您的……"正在这尴尬之际，惠子身后响起了熟悉的声音："爷爷，你怎么把孙媳妇往外撵呢？""啊，常胜，真是你，你平安回来了呀！"惠子不顾一切地扑进常胜的怀里，而且是熊抱加两腿离地那种。

"硌没硌着你呀。"冯大白话不解风情地插话。

"你骗我眼泪，你坏！"惠子的小粉拳轻轻地捶在常胜的肩头。"我们又不是红楼梦里的花花草草和石头，干吗要骗你的眼泪啊？"常胜笑嘻嘻地说道。

"看来，我在流星来的时候，许的第一个愿望实现了！"惠子手舞足蹈地说道。"那第二个愿望呢？"常胜凑热闹似的问。

惠子的脸又红了起来："讨厌，不告诉你。"惠子假装生气，其实心里那个美呀。

爷爷愣在那里，一时不知道说什么好。"爷爷，你放心吧，您交代的任务我超额完成了！"常胜大声说道。怎么是超额完成呢，就出去了这么几天？爷爷心里说：好家伙，常胜这小子平时就是神神道道的，未来的媳妇也

152

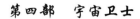

说哭就哭、说笑就笑的，这日子以后可咋过呀？

日子咋过呀，老人家，你就跟着享齐天洪福吧！

其实常胜驾驶飞船去撞击流星也不是必须选项，他本来也可以去链接宇宙的超能力，凭一己之力让流星驶离地球，但宇宙的能量却没有支持常胜的意念，为什么呢？

原来是要警示地球人，珍爱生命，善待自然！这宇宙的良苦用心，地球村的王公将相、百官黎庶、男女老少，你们能领会吗？如果再有一次这样的灾难，常胜接到宇宙智慧的指令是不准施救，其中原因我想大家都懂的……

会有那样的一天吗？其实我们永远不知道，明天和意外哪个会先来到。

福祸无门，唯人自招。

那么，咋还要将惠子留在地球，演戏吗？那可不是，毕竟是危险的任务呀，万一有意外呢！有些时候，考验一下也未尝不可，你说是吧。

两个人坐在常胜的小屋炕沿边，互相看着对方一时不知道说什么好，常胜低头捏衣角，惠子歪头弄发梢。惠子心中暗想：都有超能力了，咋又腼腆了呢，真想回到和常胜拉着手的天昏地暗时刻呢。爷爷是过来人，早知趣地去了邻居家，可常胜在这想什么呢？

想大事呢！

终于常胜开口打破了沉默……

"你相信看手相吗？"哈哈，可不是这句，也太俗了，那是冯大白话他们玩的小儿科，看看常胜人家是咋拍拖的，学着点！

"惠子，你就留下来跟我在大汉国陪爷爷吧！"常胜郑重地说道，"等到你姥姥离开这个世界的时候，你们树国就会被海水淹没呢！"

听到这里，惠子知道常胜现在的能力，此话肯定真实不虚，她也知道未来岛屿被淹没是定数，其实地球人基本都知道。

而且外婆的祕密也在她来大汉国之前全部知晓了，外婆都告诉惠子了，外婆一直在等惠子的孩子做转世灵童呢。这婚是不是逼得太有高度和动静了，你说这一对金童玉女如果不在本书喜结连理，读者们会不会把作者踹桌子底下去？

"我都给你蹭灶坑里去！"冯大白话气呼呼地说。

"那怎么办呢？"惠子一时急得眼含泪水。

"别急别急，"常胜一边安慰一边说道，"大树国与大汉国曾经那么友好、亲如一家，唐朝真如法师千辛万苦渡海传正法，本就有一脉相承的文化和血脉，现在树国有难，我自会尽全力的。再说我这么多年一路走来，眼里和心中有的只是师长和朋友，只要大家都热爱和平，就没有仇恨、没有敌人呢，何况还有你和家人在岛上呢！"这话说得惠子心里那叫一个舒坦，同时也听出了常胜的话外之意，是呀，和平对于树国太重要了！

常胜继续说道："首先要制止在不久的将来你们大树国的天保火山喷发，这可以请金刚施以援手，火里可是他们的天下。再有就是要平整稳固，你们大树国周围的大陆板块，减少碰撞和地震的发生。这是在太平洋深处，可以请月亮人帮忙，海里可是他们的乐园。同时需要他们调整月亮飞船的磁力、斥力和潮汐力。"

"不过修复过程中，肯定会有小的地震频繁发生，想必你们国度的人早就习以为常了，也不会有大碍的。再有嘛，就是要阻止南北极冰川继续融化，你要不要亲眼看看我的冰冷大法，看看能不能比过黑鲨船长？其实最主

要的是要修复南极上空的大气环境。等我带你去南极吧，我可以让企鹅排队欢迎你……"

可不咋地，对于一个有超能力的人来说，能和动物甚至植物对话都不足为奇，何况常胜自小就有这个能力呢。

"太好了，太好了！"常胜话音还未落，惠子就激动地忘了矜持，竟然在常胜的面颊上亲了一下。常胜瞬间石化了，此时此刻脑海里又想起了妈妈和爸爸，这个儿媳妇你们满意不？

常胜这拍拖的实力和诚意，地球人再无一人学得来吧。

第三十七章　月亮之上

"惠子，你说你来大汉国是受梦境的启示，这和田美石是捡到了，唐朝也去了，可月亮还没登上呢！"惠子多机灵呀，知道这个梦境也要变成现实了。

"事情是这个样子的，"常胜继续说，"我在飞船上的时候，月亮人和金刚联系我，今晚要来接咱们俩去月亮上做客呢，你是去呢，还是去呢，还是去呢？"常胜可真调皮。"真要去月亮了呀，我外婆要是知道这一切，别提会多高兴了呢。"惠子高兴得蹦蹦跶跶的。

当夜幕降临，小山村格外静谧，爷爷早早睡下了，旁边是常胜的地铺。爷爷今晚肯定是一觉睡到大天亮，不但是爷爷，今晚小山村的所有人，乃至鸡鸭鹅狗都会睡得格外香甜。常胜和惠子知道，这是月亮人和金刚他们屏蔽地球人的老套路了，或者集体昏睡，或者集体低头，或者集体失忆……常胜

和另外屋里的惠子看爷爷睡下了，一起来到了户外。飞船如约而至。其实没有飞船来接，常胜现在也有能力带着惠子直接上去的。

"啊，月亮的背面是这个样子呀，月亮里面的广寒宫好漂亮，货真价实的金碧辉煌呢……"惠子好比大观园里的刘姥姥，对眼前的一切，是事事好奇、事事赞叹。

参观完毕，吃吃喝喝就免了，主要是口味也不一样。

坐下来聊天吧，此时又有一位地球人加入了，想必大家也都猜到了，是的，常仪也就是嫦娥出现了。她早就知道常胜的身世，所以更显出地主兼长辈的热情。

惠子在常仪面前也是惊呆了，太漂亮了，漂亮得无法用语言形容，尤其是超凡脱俗的气质，无愧为大汉国历史传说中第一女神。

不同生命形式、不同年代、不同国度的生命，居然在月亮上欢聚一堂，宇宙有时候真能异想天开呢。

"这这，你们也太能白话了吧！"冯大白话有点自愧不如了。

大家在一起，听月亮人和金刚回忆宇宙往事，一起展望宇宙未来，也都对常胜和惠子所表现出的勇气和善良无比钦佩。以此对碳基生命的未来充满信心，也都纷纷对他俩拯救宇宙之壮举赞叹不已。

借此契机，常胜请求月亮人和金刚们出手阻止大树岛被海淹没之事，惠子也在旁边一个劲地九十度鞠躬，月亮人和金刚们自然是满口答应了。

外星人还是很讲诚信的，月亮人和金刚在离开太阳系之前，也都把这两件事办得妥妥的了。投桃报李，还有一段常胜帮助月亮人和金刚们重回鲲鹏山虫洞补充宇宙能量的桥段，这里就一带而过了。

最后分手话别之际，大家把话题转到常胜和惠子的婚事上。这板上钉钉的事了，而且嫦娥还主动做大媒人，都别藏着掖着了，开始送贺礼吧。

月亮人的大统领氢风酉长抢先拿出一张星图和宇宙契约及相关文书，说："这是天蝎座纯金 K 星的具体坐标和宇宙原始产权证明，还有转让协议，以上所有文件都有月亮人印信做背书，现在这颗星球作为新婚贺礼送给常胜和惠子了。"氢风酉长接着说："这颗星球是我们很早以前发现的，我亲自驾驶飞船造访过，还插了一面我们族群的黄龙旗呢！并且在黄金星球表面立下界碑和设下封印机关，举行了占领的宣誓仪式。""常胜你放心，这黄金 K 星的产权，根据宇宙法则和你们地球法都绝对没问题。"月亮人拍着常胜肩膀说道。

还没等常胜道谢，氢风酉长又说："等我们回去处理好那边的事，我们就回来帮你把 K 星弄到太阳系来做行星。"

听到这里常胜赶紧说："谢谢，太谢谢了，酉长大人，礼物我收下了，但就不劳你们大驾了，我看 K 星在天蝎座挺好的。你说是吧，惠子。""是的是的。"惠子连忙回答。

月亮人也知道常胜现在的能力，搬运这颗星星，他也是有办法的，于是就不说什么了。但还是附加上月亮里的黄金相赠，按嫦娥的话说，就是也别光送空头支票啊！

看到月亮人大方地送黄金星球还有黄金现货，金刚二头领光明使者也不甘示弱，拿出一对金光闪闪、晶莹剔透的金发丝晶手镯说："这是我亲口制作的，对你们地球来讲，绝对的水晶极品，没有之一，属于硅基文明的见证。常胜，我替你送给惠子，希望以后见到它，能常想起我们。"光明使者

说着说着竟然泪目了。

铁汉柔情呀。

"这礼物有点单薄吧。"月亮人半真半假地挪揄道，也是调解下气氛。

光明使者的暴脾气又来了："谁没黄金呀，我在金星上的所有存货也都送常胜贤伉俪了，不不，是送给惠子！"

"为啥呢？"光明使者自问自答地说道，"虽然惠子的觉醒任务我们没有实现，但我们也算是惠子的娘家人了，按地球人的风俗，自然要送陪嫁了，当然这些黄金最后也都归常胜了……"你看看，这五大三粗的金刚，说起话来也是左右逢源，滴水不漏啊！

"估计是跟地球人学坏了。"冯大白话笑着插话道。

光明使者接着说道："黄金我有的是，在我们那边的世界，我还有好多秘密金库，等回去的时候我分你一半。"光明使者洋洋自得地对氢风酋长说。话音未落就又觉得肉疼，光明使者又马上改口说："那些黄金都是族群里的公产，我一个说的也不算，等我们开元老会商量商量再说吧，刚才说的话，我撤回，逗你玩！"

"哈哈哈……"大家哄堂大笑起来。

"常胜，你现在拥有黑鲨船长、月亮人和我们送的这些金子，妥妥的地球村首富，这些金子你小子准备咋花呀？"金刚们可是快人快语。

常胜望着惠子笑着说道："俺们村里是媳妇当家呢！"

这时惠子悄悄地拉拉常胜衣角小声说道："这些黄金可不可以都留在大汉国东北呀？"其实常胜说完略有后悔，如果惠子要求把黄金运回树国做聘礼或送给树国皇室，他也不能反对呀。他知道树国现在经济很不景气，国家也是欠了好些债呢。

本来以为自己草率了，原来是自己小气了，常胜也情不自禁地在大家面前撒了一把狗粮——在惠子的面颊上狠狠地亲了一口。

惠子羞红了脸不提，月亮人和金刚们也都一脸害臊，鸡皮疙瘩满地呀。什么情况？原来常胜这举动，在外星人看来可是要生小孩的呀！

"我，我小时候也是这样认为的呢！"冯大白话喃喃自语道。

最后大家恋恋不舍地道别，常胜一再表示，一定夫妻恩爱并将保护地球视为己任，请各位放心，绝不辜负期望云云。最后嫦娥也送了礼物。什么呀？老珍贵了，两颗长生不老胶囊，这些年嫦娥在月亮里就负责这项工作呀。

这两颗不老延寿胶囊常胜给了爷爷和惠子，常胜当然不需要，能连接宇宙能量，这身躯自可永生。常胜者，常生也，你们终于知道爷爷常太给常胜起名字的用意了吧。看来，起一个好名字，在地球村里是多么重要呀！

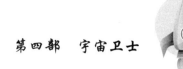

第三十八章　罪恶与黄金

现在大家都知道，黄金不只是地球人幸福美满的压舱石，也是整个宇宙的硬通货。黄金在宇宙中，绝对是人见人爱，花见花开。最早外星人的罪恶，一个就是围绕着金刚们对黄金的贪婪，还有就是黑鲨船长对独霸宇宙的野心。

独霸宇宙靠啥呀？

也是黄金开道，再加上沙包大的拳头呗。

如今，金刚们已经领悟到了黄金再好，也是身外之物，并不能给自己带来真正的快乐，也就都慷慨地送给了惠子。金刚的黄金，有从外星世界带来的，也有这些年在太阳系自己解闷儿在火星、金星和地球开采的。

月亮人的黄金，基本和金刚一样，有自带的、有流浪时偶得的，还有在太阳系开采的。

宇宙风云

上文已经说过，黄金绝对是天外来客，我们地球上的黄金，通通来自宇宙。剧烈的碰撞，让黄金到达地球时已经粉身碎骨，然后又在地球深处，饱经岩浆的炼狱。等到随地壳运动和火山喷发重见天日后，已经是散落在石头中。

又是受尽风霜雪雨，还有人世间的冷酷与凄楚，虽然你的前世是那么的高贵，谁让你今生只是一块普通的石头呢！

"听你这么一说，我咋觉得金子也怪可怜的呢？"冯大白话鼻子酸酸地说。

还好，是金子总要发光的，历经再次粉身碎骨、毒药浸泡、烈火焚烧的魔鬼锻炼三部曲，金子重新逆袭上位。

金子还是那个金子，依旧高贵华丽，但有谁知道其内心的忧伤与坚强？人人都渴望金子，却很少有人想到，是否能配得上拥有？金子历经磨难，当然愿意与高贵的灵魂和善良的生命相伴，但有时也会被罪恶绑架。

同样两块黄金，我们还真无法区分，哪一块是高尚的，哪一块是卑鄙的。

黑鲨船长的黄金呢？有一部分是自外星世界带来的，但还有相当一部分是偷来的。偷谁的呀？地球人的呗！

地球人的黄金，有好多都是统一存在一个金库，黑鲨船长就把魔爪伸向了这个金库。"这些统一存放在金库里的金子丢得太离奇了，这根本就不是地球人的脑袋能想明白的事，太让人难以置信了！"负责保管金子的库管国家如是评说。

负责保管金子的库管国家，那可是在地球村横膀子晃的大爷，说一不二的主，出了这么大的事也不敢对外宣布啊！但这么老多金子也赔不起呀，如

162

果金主都来提取黄金存货，违约不给的后果也很严重啊，整个地球村也得乱套呀！

你说这大老黑有多坏！

更坏的是，他又把这批黄金还给地球人，那这批黄金无论到谁手，到哪个国家兜里，还不是和黄金库管国家结下不共戴天之仇！

还好，这批黄金到了常胜手里。以常胜现在的超能力，三千大千世界都如掌上观果，对于黑鲨船长的盗窃行为，自然是心知肚明。

没过几日，库管国家突然惊喜地发现，黄金又都失而复得了，谁送回来的？做好事不留名啊！你猜猜看？不只是做好事不留名，常胜可为库管国家解了大围呀！

库管国家又是喜来又是忧啊，也有一种被人玩弄于掌股之间的懊恼，我这堂堂的地球村大明白，这事咋就整不明白了呢？太吓人了，你们赶紧把存的黄金拿走吧！一时，库管国家开启了去库存模式。

库管国家是在大海和黄金身上起家，尊崇的是黄金的价值，建立的是黄金的秩序。如果说我们地球村是一艘宇宙航船，那么黄金就是这艘船的锚！这黄金的锚到底要怎么用呢？是继续锁在保险柜里，还是装在村民的兜里？是使用在生产生活中，还是都贴在脸上？抑或是打造黄金的长矛，继续在丛林里战斗？

一时，地球上的大明白陷入了深深的思考……

不久，在地球村就又出现了一个世界之谜：在某发达国家的一个著名私人收藏家家中，其收藏的大汉国北宋时期的一对汝窑笔洗，在已经穷尽的安保措施下，突然间就不见了。更离奇的是，取而代之的是等价的黄金，而且黄金的纯度地球人的工艺是根本无法达到的……

几年后，这对汝瓷笔洗又悄无声息地摆进了大汉国国家博物馆……

"你们不是明抢就是走私，我们超值强买老祖宗留下的宝贝，已经够意思了！"冯大白话的插话水平也越来越有高度了。

第三十九章　平凡永生

常胜和惠子是去宇宙深处开拓呢，还是隐居在地球呢？

"隐居地球吧！"

"大汉国东北小山村如何？"

"好的，一切都听夫君安排。"这惠子说话要多温柔有多温柔。

其实我们这个宇宙高人很多，但他们并没有变成霸道总裁或复仇的赘婿，顶多也就是拍拍戏、踢踢球，然后就开始关心粮食和蔬菜，最后面朝大海，努力地活成常人的样子。

做一个平常人真的很好，当然你要有不平凡的故事！哥虽然久不在江湖，但江湖一直都有哥的传说。

惠子对常胜说道："旅游团辗转找到了我，知道我们都平安很高兴，只是非常疑惑我们是怎么脱险的，又是怎么回到东北山村。""你怎么回答？"

常胜问道。"我说呀，我们也不知道呀！你猜他们怎么说？他们说：'太不可思议了，看来鲲鹏山里面有太多世界未解的谜团了。'""对于现在的地球人，可以这样理解。"常明淡淡地说。

"还有呢！旅游团还说，那个舍己救人的导游只是受了伤，他把我们发现的宝贝上交了，还请旅游团转达对我们的歉意。"惠子继续说道。"看来近日经历了一系列磨难，有慧根的小导游居然把一切都看淡了呀。"常胜一边想一边随口说。

"还有，你的自行车也找到了呢。"惠子用略有撒娇的口吻说。"是呀，从上大学开始丢自行车到现在，这还是第一次失而复得呢。"常胜附和着说，"主要是我求旅游团让他们找的，我觉得这自行车很有意义呢。"

原来是这么回事，常胜自嘲地说："谢谢树国友邦人士援手呢。"惠子不明白常胜的意思，以为常胜不喜欢她乱出头，就赶忙转了话题。

"常胜君，我觉得和田玉就是鲲鹏山的精灵，还是让宝贝留在鲲鹏山吧！""好呀，你说得真对！"常胜鼓励道。"我已经向旅游团表达了这个意思，玉石是属于鲲鹏山，属于那里的人民，我们没有权利独自占为己有的。"

常胜耐心地听着，心里也充满了赞许，锦旗和 500 元钱奖金你值得拥有，呵呵。且在心里还不忘自夸，这秀外慧中的媳妇，她老公真有眼光！

"常胜君，我以前有怕黑的毛病，现在好了，因为我找到了心中永恒的阳光，原来寻找爱，就是找寻能让心灵宁静的港湾。"惠子深有感触地对常胜说。

"惠子，怕黑我以前也有过呀。"常胜把话题又转到了外星人这边。

"是呗，科幻小说别总整凡人俗事，赶紧说点关键的，看官们明天还得起早上班呢！"冯大白话又插话道。

常胜接着说道："那是我们对月亮人和金刚做唤醒实验时产生的潜意识恐惧，现在肯定都好了呀。"

什么？这位看官，你也怕黑呀！别怕别怕，摸摸毛吓不着，金刚和月亮人已经回到他们的世界了，不会再打扰你的美梦了。没事了，都洗洗，睡吧！

常胜和惠子的对话还在进行中：

"我们不去创造新的文明，就创造新的生命吧！"

"好呀！"

"那我们要生几个小孩呀？"

"很多很多！"

……

若干年后，山村里有小学生在课堂上的一篇即兴命题作文《低调》，是这么写的：

我爸爸拯救过宇宙，我妈妈拥有一颗黄金星球，爸妈旅行结婚时去过唐朝，月亮里的嫦娥是媒人。

我家里还有一位长生不老的爷爷，传授我三种绝学，我有可能长大后，成为宇宙天书的传人。

但我和爸爸妈妈、哥哥姐姐、弟弟妹妹们，现在居住在乡下，爸爸去挑水，妈妈来浇园……

老师批语：

你们家的低调，是我们这个星球最离谱的胡说八道！！！

2022 年 6 月 2 日成稿于哈尔滨阿兰斋

后记

    本书的后记，实为本书的开篇第一章节，因为写作之初力求科普，内容难免晦涩，恐怕不受看官们待见，就转而将开篇章节转为后记了。

    还望您能继续阅读，这也能让您更透彻地领会本书的故事背景。宇宙五彩缤纷，宇宙之初也是异彩纷呈，这段历史教皇认为是归属上帝管理，都不让科学家插手研究。

    咱们就从科幻的角度，偷窥一下宇宙之初的神秘模样，满足一下好奇心，也让自己的心灵能有那么一刻回归宁静并感受宇宙最壮观的那次日出！

第一章　混沌

　　大约 140 亿年（太阳系时间）左右，我们的宇宙发生了第一次大爆炸，绝对的惊天动地，但却不是我们感官上认知的爆炸，看不见光，听不到声响，形容为撕裂或许更为恰当，在虚空中一下子就诞生出了一只宇宙之蛋——混沌。

　　真真太突然了，混沌小到没有体积，但质量却大到无穷。此时的宇宙小得超过你想象的极限，无穷地小。此时此刻绝对是远古洪荒时代，野蛮无比，因为那是一个没有科学的时代，我们现在奉为圭臬的所有公理、定理、数理化逻辑在那里统统都无效……

　　混沌出生得很寂寞，但也不算孤独，其还有邻居——平行宇宙。与混沌平行的虚空里有一粒带电的高能粒子，后来的外星人世界称之为"能量始祖"，我们地球人则称为"盘古大帝"。此时这颗平行宇宙里唯一的高能粒子——盘古大帝如如不动，就像是熟睡！

这里暗表，盘古大帝是高维宇宙辐射的产物，我们就将这高维宇宙称之为盘古宇宙吧。盘古宇宙里已经没有具体形象的智慧生命了，因为已经进化成宇宙的本身了。高维宇宙太聪明了，也太空虚了，情绪也会失控，局部也会抑郁成高维度的宇宙黑洞，或狂躁成宇宙白洞，盘古大帝就是借着这黑洞和白洞之间的虫洞，辐射下凡到平行宇宙的。

盘古大帝来自高维宇宙，虽是高维粒子降维的投影，但却链接着高维宇宙能量，这是宇宙间最慷慨的馈赠，是我们宇宙未来去高维度发展的资粮。这一颗来自高维的电子成了平行宇宙的全部寄托。此时的平行宇宙里只均匀分布着轻子，就像一锅毫无生机的粥，处于归零状态，有的也只是无尽的黑暗。恰恰就是无尽的黑暗，盘古大帝安忍在黑暗的封印里，这是最有效果的保鲜和雪藏。

再说我们宇宙的混沌一生下来，就马上急剧膨胀，在百万分之一秒的时间内体积就长大 10 的 26 次方倍，这膨胀速度在没有质量的空间网格里，远远超过光的速度。

实际在宇宙之蛋——混沌诞生之际，就发出了我们宇宙第一强光，其流明用地球人现在的物理计量单位根本无法表示。只是此时混沌里最原始的宇宙居民——夸克精灵、轻子精灵和胶子精灵们团结得太紧密了，光此时就像襁褓中的婴儿，这宇宙第一篇爆炸新闻，从头到脚被紧紧地包裹，以至于这光一时还发散不出来。

夸克、轻子、胶子是宇宙中结构最简单的正物质精灵，不可再细分了，是质子精灵、中子精灵、电子精灵之祖，也是现在可见的世界万物最初的祖

先。只有简单，才能创造不简单。

夸克、轻子、胶子等初祖精灵也都是劫后余生，何出此言呢？原来混沌里最原始的居民还有反物质精灵，反物质精灵与夸克精灵结合，瞬间就变成光子精灵，但光子精灵没有质量和能量，连手都没挥一挥，瞬间就又什么都没有了，眼看着我们的宇宙还没有开始就结束了！

还好，这种结合每10亿次会留下一个正物质精灵，就这样10亿分之一的万幸，幻化成我们现在的宇宙，宇宙起源是宇宙第一次也是最伟大的一次奇迹！

那束光是在宇宙之蛋——混沌诞生38万年后才发出去的，我们要牢牢地记住甚至冥想这片光，这片光太神奇了！是我们整个宇宙的魂魄，还是宇宙中最早最壮观的一次"日出"，是我们现在还无法认知的所有能量源泉，具足神通力！

可以试着去想象这片光的具体模样：是一片宇宙最原始、最明亮的白光，无论是接近还是远离，你看到的都将是一片白光，而不会是红色或蓝色。这是宇宙的智慧和生命之光，如此坚持想象定有妙用，这是宇宙无量光明和智慧生命正能量的源泉，是人类未来灵魂皈依的圣地，如果我们能完成回归式穿越，将见证科学最伟大的谶言——科学的尽头是神学。

声波需要物质传播，现在还是真空环境，我们期待的声响肯定听不到了，爆炸是以能量波的方式与光一道在黑暗中弥漫开来……

等到中子精灵、质子精灵、电子精灵二代居民充斥混沌时，混沌膨胀得更大了，由于宇宙之蛋有了更广阔的空间，精灵们相互追逐嬉戏，奔跑得越来越快，混沌里面越来越热闹起来。但自强光闪过之后，宇宙之蛋再也没有发光，宇宙又渐渐暗淡安静下来，最后又是漆黑寂静一片。

弹指间，时间就这样浑浑噩噩地经过着……

咱们再回到宇宙之初的那片光和能量的振动，贯穿宇宙的那片光太明亮了、能量振动太强烈了，令时空都弯曲褶皱，瞬间惊醒了在平行宇宙虚空中沉睡了38万年的盘古大帝。确切说是光和能量波穿透并布满了整颗电子。电子浑身晶莹剔透，是与光、波浑然一体的透明，不同于反射，也不同于自身发光，无比巨大的强光和振动，却绝不会刺激你的感官，这不仅仅是大象无形、大音无声的内敛，还会让你有赏心悦目乃至放浪形骸的感觉。

这如同太上老君炼丹炉一般效果的神奇体验，让这颗电子很快又进入梦乡，梦里它又梦到了那孔虫洞和激情四射的白洞妈妈，这是一场宇宙历史最著名的大睡——积蓄能量，是一觉几亿年的修行。

宇宙中，大者莫过于虚空，凡有形相者都不能为大，虚空无形相，故得名为大。而且宇宙一切能量皆有限量，只有虚空的能量没有限量，故名为大。其实这颗电子的真身就是虚空在高维宇宙意识的投影，我们见到的是我们大脑对虚空的想象而已。

现在我们再回到宇宙之蛋——混沌这里。

质子、中子、电子精灵们逐渐组成了原子家庭，家庭结构依然简单，只有氢原子家庭。氢精灵家庭氛围温暖且其乐融融，但这不是混沌存在的真正意义，混沌有着这个宇宙最大的房地产格局和开发梦想，这需要无限膨胀的空间和土地。

当睡大觉的盘古大帝再次醒来的时候，那片曾经锻炼他的白光早已经消失了，只有黑暗，又是无边的黑暗……

大梦终须醒，黑暗噬我心。

与其说盘古大帝是自己醒来，不如说是被越来越沉重的黑暗压迫而醒。我们一定要知道，此时的黑暗是宇宙最原始的黑暗，无处不在，虽然受到过宇宙之初那片光的照耀，但同时也激起了黑暗的怒气，此时的黑暗越来越汹涌，隔空间传递，紧紧地叠加在盘古大帝的周围。虚空和黑暗，虽然是孪生兄弟，但此时却势不两立。

在这个时候，开始就是结束、产生就是消失，也就是说这个时候是最原始的存在。此时此刻没有衰老没有分别，因为宇宙此时还没真正开启……

此时开启时间的钥匙就是盘古大帝的觉醒。

时间开始和结束都应是宇宙的假象和我们的幻觉，都是自己的想象，真实的宇宙没有开始，也没有结束。

盘古大帝沉睡在平行宇宙的每一个角落里，无处不在，又不在任何地方停留，实际上其高维空间属性，平行宇宙就是枷锁，只有在内部自己觉醒的力量，才能打破自己的窠臼。被黑暗包裹的盘古大帝虽然醒来，就好比一位大侠，虽身怀武功绝技，但被绳索捆绑而无法正常施展一样。

明明有光，明明驱除过黑暗，盘古大帝回忆着，他要寻找光，他是最早沐浴混沌之光、最早感受光的大神，他充满了对光明的渴望，当然也记得发光的地方，也记起了与光的约定和使命，睡觉原来是等待唤醒时机，一直在等待的原因，是有远方在等待。

有传说认为盘古大帝再次醒来，曾艰难地在黑暗中挣扎了10多万年，像是戴着镣铐跳舞的滑稽表演。实际盘古大帝是在醒来的瞬间，就挥斧劈向了黑暗，这是本文主人公常胜与黑鲨船长在宇宙之初战斗时亲眼所见。

　　本就为宇宙新生而来，先天就有向死而生的气魄！但讲历史是需要有故事的，何况是宇宙的历史。醒来但略显疲惫的盘古大帝，感到了强力的吸引和灼热，但却依

　　旧看不到光，只感觉到身子越来越沉……

第二章　神奇的电子

盘古大帝感觉到黑暗的压迫越来越甚，自己似乎又要沉睡，是要继续睡觉，直到睡成一张照片或一个奇点，乃至在睡梦中消失吗？

这时盘古大帝感觉就要身不由己了，再不冲破黑暗，就会在黑暗中永远沉沦！

光，我渴望有光，我不要黑暗的压迫！盘古大帝彻底愤怒，盘古大帝的能量竟然幻化出传说中的巨斧，向曾经发光的地方，用尽洪荒之力向黑暗劈了下去！！！

这创宇宙的一劈，其速度快到无穷，这宇宙第一击的力量也大到无穷了！（此处省略惊叹号无数个）引发的是我们的宇宙真正升华式的大爆发，宇宙之蛋爆发了，宇宙彻底开启新生模式，盘古大帝和能量巨斧劈出了宇宙的新生，也劈出了我们未来的花花世界。记住，是"劈出"，而不是创造！

盘古大帝当初被黑暗压迫，只能向黑暗劈出这开天辟地之斧。也由于混沌拥有无穷大的质量，其无与伦比的巨大引力，瞬间弯曲了盘古大帝所在平行宇宙的时空，盘古大帝醒来时，虽说是处于平行状态，但引力和量子隧穿效应消除了我们认知上的距离。

盘古大帝、巨斧与混沌、黑暗融为一体，形成了我们现在的宇宙。盘古和巨斧的能量一直都还在。在宇宙新生这一刻，是能量、物质综合转换之合相，是宇宙最复杂最玄妙的一次变化。境由心生，当初盘古大帝沉睡时，与混沌是平行宇宙的关系，虽是同根却未并蒂，中间阻隔的就是无尽的黑暗。本来不会发生什么瓜葛，是穿透黑暗时空的强光结缘，是劈向黑暗巨斧的能量坍缩了空间的平行维度，这次大爆炸对于盘古大帝和斧子同是新生，能量转换成物质，共同构建了我们现在宇宙的模式和秩序。

宇宙新生后高能电子一战成名，被封神为盘古大帝，始才有了供人们膜拜的色身形象。

挥斧的时间是我们宇宙的子时，此时阳气升起；混沌爆发的时候，是在宇宙的午时，阳气充盈到极致；产生了冲破黑暗爆炸的巨大能量，这是宇宙之初的子午时，在当时的时空里是没有时间间隔的。

这让我们印证了古人先贤大宇宙和小宇宙都通用的智慧，忍而未发的混沌是阴，奋起的高能电子是阳，斧子是冲，黑暗是气，宇宙是和，如此比喻，可让我们初步认识宇宙朴素的新生。

这创宇宙的一斧头劈出了一个什么样的崭新世界？自有时间去见证，但高能电子又化身为了什么？斧子给我们的宇宙留下了什么？

这个宇宙最大的也是最神秘的秘密又是什么呢？唯有这个宇宙最具足的智慧或者是宇宙本身才能知晓。

高能电子什么都没变成，电子还是电子，而且我们整个宇宙到目前为止还只有一颗这样的电子，是的，就一颗！我们的宇宙，就只有这一颗神奇的电子，混沌大爆发的高温让氢原子家庭又回到了始祖精灵状态，在接下来的宇宙进化发展中最奔波劳累，又永不停歇的就是这颗高能电子。

也是我们这个宇宙所有的力量——强核力、弱核力、电磁力乃至引力的源泉。这颗电子运行速度太快了，也太飘忽不定了，让我们错误地以为我们的世界有无数电子呢。神奇的电子就这么一颗，那其他的电子形象呢？

假象或分身。

至此我们宇宙中就只有一个电子，这个电子在时空中来回穿梭，参与了宇宙中所有的事件，包括正电子的产生、光子的产生、原子的形成等等，让我们直观看上去似乎这个宇宙中充满了电子。

所以我们的宇宙也被称为单电子宇宙，在盘古电子的这场时空穿越大冒险中，唯一的盘古粒子就是独一无二的主角。我们之所以觉得世界上有很多电子，是因为我们只能看到某个时刻的场景，它其实是整个现实的一个剖面。

在我们看到的这个场景中，同一个电子以不同"分身"出现，这些"分身"甚至可能相互作用。

而在数学上，根据狄拉克方程，一个带负电的电子向过去运动，就相当于一个带正电的正电子向未来运动。这也是上文黑鲨船长制作反物质电子云雾陷阱依据的一个科学理论。

顺便说一下，平行宇宙由于盘古大帝的觉醒和混沌爆发的引力，为这个死寂的平行宇宙注入了新的活力和能量，平行宇宙在经历奇点和撕裂后，也重新焕发出了青春……

第三章　爆发的混沌

宇宙之蛋——混沌的使命肯定不是原子家庭的幸福生活，这也不是宇宙的未来发展方向，混沌要爆发出满天的星团、星云和星斗，孕育生机勃勃的星系，混沌一直在酝酿着，氢原子精灵家庭一直做着发光发热的核爆炸义举。

无奈虚空的黑暗太强大了，把宇宙之蛋——混沌紧紧地锁住。现在我们才知道没有光的黑暗虚空是多么的可怕，此时的宇宙之蛋——混沌已经中了黑暗的封印。

宇宙之蛋用了38万年的时间才发出一束强光和能量波作为求救信号，向平行宇宙里的盘古大帝求助（如果从孕育新的宇宙生命角度，也可以理解为示爱之举）。由此可见，宇宙是有意识和生命活力的。只是盘古大帝一直处在沉睡状态，所以他并不知道这些，但出于对光的渴望和正能量释放的本能，愤怒的盘古大神和巨斧，向曾经发光的地方劈出的舍身一击，实际是劈到了无边黑暗，这鬼使神差的一击，竟然击碎了黑暗对混沌的封印。解脱了桎梏的混沌瞬间爆发了，由于电子的加入，其中四个氢原子家庭组成一个氦原子家庭，同时放出光子精灵，杀向黑暗。光子精灵是宇宙最无畏的斗士，宇宙正能量空前爆棚！

宇宙的新生，实在是幸运的巧合，如此以后的世界万事也都离不开幸运和巧合，我们后来用到的科学知识，也是在此时开始生效。

现在宇宙的天空中漂浮着星团、星云、恒星和尘埃，整个宇宙被点亮了。这次爆发集合的能量大到无量无边，有混沌的能量，有电子大神和巨斧的能量，还有黑暗的能量、虚空的能量，宇宙是能量的宇宙。

宇宙以光明为新生，以爆炸为手段，以大神的斧劈为契机，很有革命暴动的色彩，武装夺取政权的冲击力是巨大的，这冲击力 140 亿年以来，一直是宇宙向外膨胀的舵手，930 亿光年的领地还在无限地扩张……

有能感知的，就有不能感知的，这取决于和电子沟通。物质是否和电磁力都发生关系呢？宇宙中就有不能感知的，满面漆黑至今未被现代科学发现真容。但他们是重新孕育万物的基础，是黑暗和光明双重生命的使者，是宇宙最人多势众的隐者……虽然低调，确是万有引力的始作俑者，宇宙秩序的缔造者！

亦正亦邪，他们是谁？

他们就是不见首也不见尾的宇宙大名鼎鼎的暗物质和暗能量！！！甚至有科学家认为，暗物质和暗能量就是宇宙的前世。

我们现在的宇宙之所以没有再次坍缩成一个奇点，也没有分崩离析，全

赖暗物质和暗能量在暗处护佑之功，是暗物质和暗能量提供给了宇宙恰到好处的引力。做一个不恰当的比喻，暗物质和暗能量就好比是草原上的小草，虽弱不显眼，却是整个草原生态系统的灵魂。宇宙的有序运转之力，都是起自暗物质和暗能量的青蘋之末，而又运行于天体自我放逐的草莽之间。

黑暗虽然被击溃，却没有毁灭，它们依托着暗物质和暗能量，成为宇宙分布最广的元素，这就注定了宇宙还有光到达不了的地方，且黑暗占领了大部分时空。现在光明降临了（宇宙中我们可见可知的物质、能量只有4%），黑暗却是无时无处不在（我们不可见的暗物质占23%、不可知的暗能量占73%），虽然有光，但也还有太多光照不亮的地方。

这有点像我们的大脑，被开发出的智慧也只有5%。据宇宙全息图和大脑全息图、宇宙暗物质全息图和大脑皮层全息图比较，那是惊人的相似！这说明宇宙和我们自身都需要永久地去探寻和融合，最终共同成就无上的智慧与光明……

见光不容易，且行且珍惜！

盘古大帝和他的巨斧已经和宇宙共同新生，宇宙注定会继续孕育恒星、行星、卫星和生命。宇宙永无止境地奔向远方，140亿年来宇宙一直在膨胀，宇宙的个头越来越大，空间距离越来越远，膨胀的速度越来越快，星星和星星之间、文明与文明之间，最终都是不再相见的结局。100亿年以后，即使我们还存在，仰望星空时，也只能看到银河系了。月亮呀，20亿年的时候，就完全脱离了地球，独自飞向宇宙深处了。

宇宙在爆炸革命中初始，宇宙在运动膨胀中发展，只是运动是宇宙存在形态吗？运动是对黑暗的驱除抑或是被黑暗牵引，现在还不得而知。

宇宙风云

　　光明和黑暗城头变幻大王旗，你方唱罢我登场，恒星、行星、彗星你来我往，宇宙的可见物质和不可见物质相互依存，无机物和有机物相互演化，有机生命的产生让宇宙不再寂寞，便也派生善与恶的斗争。

　　140亿年以来，宇宙一直在运动，宇宙一直在进化，宇宙也一直在善恶之间、光明与黑暗之间纠结，这场与宇宙同龄的缠斗，一直在进行，看似相互妥协，实际一直难解难分，宇宙和宇宙的生命危机四伏！

　　宇宙也有自己的软肋，宇宙也有自己不愿意暴露的秘密……

第四章　宇宙原生之痛

宇宙新生，亦如婴儿，虽有美好的前景，但一切还都是稚嫩不成熟状态。

宇宙新生之时，除了生成前文提到的恒星、星云、尘埃等可见物质和暗物质以及暗能量之外，还产生了原生黑洞，这个与宇宙同龄的黑洞，也是宇宙最原始的黑洞。

原始黑洞创生了银河星系，它的中心不但有直达宇宙任何时间与空间的通道，还具有借助少量物质就能重新孕育新的宇宙的神秘力量。黑洞周围，有大约两万光年的伽马射线爆恒星群组成的保护圈，这是宇宙中最强的能量死光场，任何物质都不可能全身通过。

进入原始黑洞，称霸或毁灭宇宙，就是后来野心膨胀的黑鲨船长进入银河系的终极目的。

长恨时空无限远，

更隔无限一万重。

如此要想进入原始黑洞，捷径还是要找到原生虫洞，原生虫洞是星际旅行的真正捷径。

这捷径，我们都想得到，作为宇宙当前最高级文明的黑鲨船长当然更想得到了……

可这原生虫洞在哪里呢？

由于宇宙新生大爆炸产生无穷能量，时空被炸出巨大裂隙，真的打开了一个巨大虫洞。虫洞是转瞬即逝的，但在婴儿宇宙里有一种奇异的物质让虫洞一直保持张开，因为其同时具有负能量和负质量，因此能创造排斥效应以防止虫洞关闭。这种奇异物质还会使光发生偏转，成为发现虫洞的信号，也就是说，婴儿宇宙里的这个奇幻的虫洞不偌存在，而且是可以被发现的，但也一定是很难进入的，这连接宇宙之初的另一端出口具体在哪里呢？

因为这个原生虫洞的存在，婴儿宇宙的膨胀速度和未来宇宙的演化就增添了太多的不确定性和想象力，宇宙就更加绚丽多彩，只有我们想不到，没有宇宙做不到。

不知有原生虫洞，限制了我们的想象。

第五章　分子小子

夸克、轻子、胶子是祖辈，质子、中子、电子是父辈，原子是宇宙的长孙时代，宇宙是微观粒子精灵时代，祖孙三代是宇宙的上三代，是我们宇宙大厦最朴实的基础。

到了现在，婴儿宇宙终于迎来了分子时代的宏观世界。

一统宇宙江湖的分子小子时代来临了，分子组成了我们的花花世界，开启的是英雄辈出时代，红尘滚滚，物欲横流，分子小子开始大显身手。分子小子的老子是原子精灵，但科学地讲，这个世界是由分子小子组成的和创造的，还有那个让人绝望的热力学第二定律和熵增，也是拜分子的特性所赐。分子小子是宇宙可见物质和万有引力的载体和秩序，是区分世界万物的始祖，通别之象一分，宇宙就开始显现出了物竞天择的表象，也就有了优胜劣汰的烦恼，原来分子小子竟是宇宙烦恼的根源。

宇宙风云

氢原子精灵和氦原子精灵，在婴儿宇宙时期，随着温度的降低，最先成为氢分子小子和氦分子小子，这有天上神仙下凡到人间做脚踏实地普通人的划时代意义。

分子小子一般来说是由原子精灵组成的，可以是同一类原子精灵，当然也可以是不同的原子精灵。还可以是一些原子组成原子家庭再和其他原子家庭组成一个较大的分子小子。

从化学角度来说，这些原子精灵是通过电子的不同分布而产生的化学键结合而成的，或者说是通过电子的力量结合在一起的。谁又能相信我们的宇宙只有一颗电子呢？

也可能是一颗电子化身千百亿？也可能是一颗电子都没有，有的通通都是假象。

婴儿宇宙初始，由于挣脱了黑暗的束缚，迸发出积攒的热情，所以温度极高，但宇宙的发展仅有热情是不够的，你越热情高涨，就给别人带来了很大的压力，如此原子精灵之间，原子精灵和分子小子之间很难产生结合合作，于是宇宙慢慢冷静下来。

静后能安能得。

更多种类的原子精灵组成分子家庭来安家落户了，大家也都能结合合作了，这样宇宙形成了最早最纯粹的金属。后文外星人送给地球人常胜和惠子的纯黄金星球，可不是在这个时期形成，是超新星爆炸或者中子星才能碰撞生成的，从某种意义讲，我们地球上的黄金都是天上掉下来的馅饼。

宇宙继续繁衍生息。

不同种类原子精灵互相结合，形成形态、特性各异的分子小子。甚至一

186

些分子巧夺天工，氢、硅、氨、硼、磷、早期宇宙有机五霸等，纷纷在自己适应的温度环境里发展进化成有机生物……

并在 100 多亿年后，在恰到好处的黄金温度的催化孕育下，在地球原始海洋中，产生了更复杂的碳基有机生物，就是以碳元素为有机物质基础、以水为介质的生物。

分子小子的出现是宇宙的真正起源，在婴儿宇宙，最早的分子小子是相同的两个氢原子精灵在电子的撮合下结合形成的氢分子小子，它是所有分子小子的始祖。这也充分表现了宇宙大自然（天演）的神奇奥妙。所以最早的宇宙智慧生命就是氢基生命，他们也是宇宙智慧生命最早的盟主。

宇宙风云

第六章　宇宙伦理

宇宙终于从微观发展到宏观世界，随着分子和光明的到来，宇宙发展脉络逐渐清醒起来，我们地球人的宇宙观、世界观、科学观、社会观、人生观，从此徐徐地拉开了序幕……

宇宙无中生有历经成住坏空，何去何从还不得而知，现在的一切看起来危机四伏，又好像才刚刚开始……

此时提及太阳、地球还为时太早，宇宙之蛋新生大爆炸之后又 24.72 亿年，智慧生命在宇宙中出现了，是谁，什么样子？好期待呀。此时的宇宙实在是太年轻了，与宇宙几乎同龄的银河系也还很稚嫩，太阳系还没有踪影呢。

这个时候宇宙最早期的智慧文明虽然已经开始，但作为宇宙最早的生命拓荒者，总要为年轻和冲动付出代价，烈士比比皆是，成功人士无论何时何

地都是凤毛麟角……

还有宇宙新生时，原生黑洞和虫洞同时产生，我们还不知道这在宇宙以后的演化过程中起到了什么作用，或者都据此发生了什么故事，但从宇宙起源到现在，可以肯定地说，宇宙是有意识和活力的，大神盘古的能量是永恒的，这意识与活力的存在，就是宇宙孕育生命和发展的伦理。

但宇宙意识很神奇，它虽然遍布宇宙，可以存在于任何物质、能量，但现在不能被我们感知和确认，什么时候能呢？银河系被宇宙如此青睐，一定肩负宇宙最特殊使命，但现在还不能领会，活下去，挺住，就意味着一切！

但千万别指望最先崛起的外星文明和现在宇宙里的智慧生命赐予我们幸福，它们（请理解我没用他们）不可能是宇宙和低级文明的救世主，任何一个智慧文明都不可能是天真无邪的。

可以说在24.72亿年前，智慧文明还没出现时，宇宙的一切都是根据其自身的伦理规律，也就是天择进化，从开始的微观粒子到分子家庭，从无机到有机，然后适者生存，优胜劣汰……

但宇宙的天择可没有保护弱者的天条，此时我似乎看到了太多被消灭的曾经宇宙文明（请参照所谓文明人对拓荒土地原著民的所作所为）……

但我们也不要悲观地认为，最早的智慧生命就是最先进最伟大最高级的，所以不要迷信膜拜外星文明，它们肯定存在，但大部分都应该还没达到我们地球文明的水准。而且最早的文明也可能由于种种原因，早早地消亡了呢，就像曾经的地球霸主——恐龙的宿命！

因为对于宇宙，我们是新生的力量，除旧迎新、推陈出新是放之宇宙皆准的法则。

原来最早期的宇宙文明，延续到今天的只剩下三支了，其他文明除自身原因和天择淘汰外（有相当数量是随着自己的星系和恒星一起消亡的），其他的都被黑鲨船长和金刚们用不同的方式赶尽杀绝了。

在这里先表述一下宇宙文明的进化规律：最早的文明是产生在两个极端，环境比较恶劣的地方往往是生命最早萌动的地方。

所有积极的正能量也都是逆着来的，所以我们前行的路上不要怕困难，勇敢的鱼总是逆流而上，只有死鱼才随波逐流！

最早的宇宙文明不是碳基生命，因为碳基生命对环境的要求太高了，氧气、水、适宜的温度……为此让我们的科学家发明出了一个"宇宙过滤器"的虚有名词，从而自诩自己是宇宙唯一的文明而沾沾自喜，其实宇宙生命是多样性的，碳基生命属于宇宙中期文明的产物，此时的宇宙环境也很配合，有一点含着金钥匙出生的象征，当然也要肩负起宇宙中兴的重任。

碳基生命具备了学习适应和治愈进化的能力，学习和复制，这产生的能量是难以想象的，真谛是智慧生命与宇宙能量的链接。

如此智慧生命和宇宙汇聚在一起，就是智能的宇宙。这种智能和逻辑可以与现在的智慧生命能力相匹配，生命的力量释放到我们所创造的宇宙当中，宇宙也可能更失去控制。它们获得新的活力和原始的野性结合在一起，给我们更多的意外，人造世界和天然世界一样，很快就会具有自治力、适应力以及创造力，微生物占领领地的速度是每小时几千公里，现在也许不适合，但未来银河系一定会适合碳基生命，未来的宇宙都将是有机生命的天下。

生机勃勃，自然不会令宇宙失望。

但这一切智慧生命与自然的和谐，在邪恶的黑鲨船长看来，现在的宇宙因为有它是一个美好的开始，但出现碳基生命并不是一个美妙的结局，碳基生命的发展潜力让黑鲨船长很不爽，为此不惜与整个宇宙为敌，不惜挑战宇宙创生的无穷能量。

宇宙风云变幻莫测，天道广大无量无边，又哪是肉眼凡胎的我们能评说清楚的呢？